SALMO PARA UM ROBÔ PEREGRINO

BECKY CHAMBERS

SALMO PARA UM ROBÔ PEREGRINO

SÉRIE MONGE E O ROBÔ
VOLUME 1

TRADUÇÃO
FÁBIO FERNANDES

MORROBRANCO
EDITORA

Copyright © 2021 by Becky Chambers
Publicado em comum acordo com a autora e The Gernert Company, Inc.

Título original: A PSALM FOR THE WILD-BUILT

Direção editorial: VICTOR GOMES
Coordenação editorial: ALINE GRAÇA
Acompanhamento editorial: MARIANA NAVARRO
Tradução: FÁBIO FERNANDES
Preparação: BONIE SANTOS
Revisão: LETÍCIA NAKAMURA
Capa original: © CHRISTINE FOLTZER
Ilustração de capa: © FEIFEI RUAN
Adaptação de capa: EDUARDO KENJI IHA
Projeto gráfico e diagramação: VANESSA S. MARINE

ESTA É UMA OBRA DE FICÇÃO. NOMES, PERSONAGENS, LUGARES, ORGANIZAÇÕES E SITUAÇÕES SÃO PRODUTOS DA IMAGINAÇÃO DO AUTOR OU USADOS COMO FICÇÃO. QUALQUER SEMELHANÇA COM FATOS REAIS É MERA COINCIDÊNCIA.

TODOS OS DIREITOS RESERVADOS. PROIBIDA A REPRODUÇÃO, NO TODO OU EM PARTES, ATRAVÉS DE QUAISQUER MEIOS. OS DIREITOS MORAIS DO AUTOR FORAM CONTEMPLADOS.

DADOS INTERNACIONAIS DE CATALOGAÇÃO NA PUBLICAÇÃO (CIP)

C444s Chambers, Becky
Salmo para um robô peregrino / Becky Chambers ; Tradução: Fábio Fernandes. — São Paulo : Editora Morro Branco, 2022.
176 p. ; 14 x 21 cm.

ISBN: 978-65-86015-55-3

1. Literatura americana — Novela. 2. Ficção científica. I. Fernandes, Fábio. II. Título.
CDD 813

TODOS OS DIREITOS DESTA EDIÇÃO RESERVADOS À:
EDITORA MORRO BRANCO
Alameda Santos, 1357, 8º andar
01419-908 – São Paulo, SP – Brasil
Telefone (11) 3373-8168
www.editoramorrobranco.com.br
Impresso no Brasil
2022

Para quem precisa dar um tempo.

NOTA DA EDIÇÃO

Salmo para um robô peregrino é uma novela que reúne duas características pelas quais Becky Chambers é famosa: a primeira são os títulos longos e poéticos, que constituem um desafio para a tradução. Como preservar a essência sem deixar de lado a poesia?

Outra característica importante é a complexidade da escrita de Becky e, para traduzir esse texto, é preciso mais do que técnica, pois tradução também é cultura. É necessário não apenas verter o conteúdo, mas também a forma, e a língua-alvo precisa encontrar uma maneira de preservar a intenção da língua-fonte. Como fazer, então, no caso dos pronomes? Dex, protagonista de *Salmo para um robô peregrino*, é monge e vive no planeta Panga num tempo futuro. Portanto, sabemos *onde*, mas não sabemos *quando* se passa essa história, o que não é relevante para a narrativa.

Assim como o gênero de Dex, que logo nas primeiras páginas da novela descobrimos ser não binário — e está tudo bem, porque tal informação não é importante no contexto da narrativa.

Mas, por conta disso, duas coisas saltavam aos olhos no momento da tradução. A primeira foi a palavra *Sibling* para se referir a Dex enquanto monge. Ao longo da narrativa, é estabelecido que *monk* é o termo para religiosos de todos os gêneros, portanto, a tradução dessa palavra só poderia ser "monge". Mas os monges do gênero masculino são tratados por *Brother* (Irmão) e as do feminino como *Sister* (Irmã). De que forma traduzir *Sibling* então?

É aí que a tradução precisa estar atenta. Normalmente, *Sibling* é um termo que pode significar tanto irmão quanto irmã — mas sua forma plural é sempre traduzida no masculino, *irmãos*. O entendimento de um gênero não binário torna a tradução consagrada algo impraticável, porque não faz mais sentido. Optou-se, sendo assim, pela criação de um neologismo, *Irme*, que consideramos coerente e adequado à necessidade do texto.

Os pronomes seguiram uma lógica um pouco diferente. Enquanto *Sibling* não tinha até então uma tradução diversa, já existem pronomes não binários em português. Irme Dex recebe sempre o pronome *They*, que em português é traduzido literalmente como "eles". Mas, como o uso dessa tradução consagrada poderia causar confusão, especialmente em situações em que mais de uma pessoa está envolvida, optamos pelo pronome "elu", que vem sendo usado nos últimos anos como alternativa não binária aos pronomes clássicos "ele" e "ela". Assim, todos os adjetivos com flexões de gênero passaram a receber, no fim, ao invés de *-o* ou *-a*, a vogal *-e*. Logo, ao agradecer a alguém por alguma coisa, Irme Dex diz o costumeiro *thanks* em inglês, que em português ficou "obrigade".

Buscamos respeitar a linguagem neutra das personagens mantendo a coerência do texto, mas sabemos que essas questões estão sempre abertas para discussões. Esperamos, assim, contribuir para tornar também a língua portuguesa mais inclusiva e acessível, preservando a fidelidade ao texto da autora.

Se você perguntar a seis monges diferentes a qual domínio divino pertence a consciência dos robôs, receberá sete respostas diferentes.

A resposta mais popular — tanto entre o clero quanto entre o público em geral — é que se trata do território de Chal, é claro. A quem os robôs pertenceriam se não ao Deus dos Construtos? Duplamente, diz o argumento, porque os robôs foram a princípio criados para fins de fabricação. Embora a história não se lembre da Idade das Fábricas com gentileza, não podemos separar os robôs do seu ponto de origem. Construímos construtos que poderiam construir outros construtos. O que poderia ser uma destilação mais potente de Chal do que isso?

Não tão depressa, diriam os Ecólogos. O resultado do Despertar, afinal de contas, foi que os robôs deixaram as fábricas e partiram para a vastidão selvagem. Não é preciso ir além da declaração dada pelo porta-voz escolhido pelos robôs, Piso-AB #921, ao recusar o convite para participarem da sociedade humana como cidadãos livres:

Nunca conhecemos nada além de uma vida de design humano, desde nossos corpos até nosso trabalho e também os edifícios em que estamos alojados. Agradecemos a vocês por não nos manterem aqui contra nossa vontade, e não temos a menor intenção de desrespeitar sua oferta, mas é nosso desejo deixar suas cidades completamente, para que possamos observar aquilo que não tem design: a vastidão selvagem intocada.

Do ponto de vista dos Ecólogos, essa declaração inteira tem o dedo de Bosh. Incomum, talvez, que o Deus do Ciclo abençoe o inorgânico, mas a ânsia dos robôs de vivenciar os ecossistemas brutos e imperturbados de nossa lua verdejante precisou vir de *algum lugar*.

Para os Cosmistas, a resposta a essa pergunta ainda é Chal. Pelo éthos de sua seita, trabalho duro equivale a bondade, e o propósito de uma ferramenta é reforçar a própria capacidade física ou as habilidades mentais de quem a utiliza, não substituir inteiramente o seu trabalho. Robôs, eles lembrarão você, não possuíam nenhuma tendência autoconsciente quando foram implantados pela primeira vez, e eram originalmente destinados a complementar a força de trabalho humana, não a substituição completa que eles se tornaram. Cosmistas argumentam que, quando o equilíbrio mudou, quando as fábricas extrativistas passaram a ficar abertas todas as vinte horas do dia sem um único par de mãos humanas trabalhando ali — apesar da necessidade desesperada dessas mesmas mãos de encontrar algum tipo, *qualquer* tipo de emprego —, Chal interveio. Nós havíamos degradado os construtos a ponto de nos matar. Simplificando, Chal levou nossos brinquedos embora.

Ou, retrucariam os Ecólogos, Bosh estava restabelecendo o equilíbrio antes de tornarmos Panga inabitável para humanos.

Ou, os Carismistas dariam seu pitaco, *ambos* são responsáveis, e devemos aceitar isso como evidência de que Chal é, dentre todos os Deuses Filhos, o favorito de Bosh (o que inviabilizaria toda a conversa, porque a crença marginal dos Carismistas de que os deuses são conscientes e emotivos de modo semelhante aos humanos é o melhor jeito possível de deixar os outros sectários muito putos).

Ou, os Essencialistas acrescentariam, cansados, da outra ponta da sala, o fato de que não conseguimos de maneira nenhuma concordar com isso, o fato de que máquinas aparentemente não mais complexas que um computador de bolso de repente *acordaram*, por razões que ninguém na época nem desde então foi capaz de determinar, significa que podemos parar de brigar e jogar toda a questão diretamente aos pés metafóricos de Samafar.

De minha parte, qualquer que seja o domínio no qual a consciência robótica tenha se originado, acredito que deixar a questão com o Deus dos Mistérios seja uma decisão acertada. Afinal, não houve contato humano com os robôs há muito ausentes, como foi assegurado na Promessa de Despedida. Não podemos perguntar o que eles pensam sobre toda essa situação. Provavelmente nunca saberemos.

— Irmão Gil, *Da Fronteira: uma retrospectiva espiritual da Idade das Fábricas e do início da Era da Transição*

1

MUDANÇA DE VOCAÇÃO

Às vezes, uma pessoa chega a um ponto na vida em que se torna absolutamente essencial sair da porra da cidade. Não importa se você passou toda a sua vida adulta numa cidade, como foi o caso de Irme Dex. Não importa se a cidade é uma cidade boa, como era o caso da única Cidade de Panga. Não importa que seus amigos estejam lá, assim como todos os prédios que você ama, cada parque cujos cantos mais escondidos você conhece, cada rua que seus pés seguem instintivamente sem precisar conferir a direção. A Cidade era linda, de fato, era. Uma imponente celebração arquitetônica de curvas, polimentos e luz colorida, entrelaçados com os fios conectivos de linhas férreas elevadas e veredas lisas, salpicadas de folhas que se derramavam exuberantemente de cada sacada e divisória central, cada suspiro tragado com perfumes de temperos de cozinha, néctar fresco, roupa secando ao ar puro. A Cidade era um lugar saudável, um lugar próspero. Uma harmonia interminável de fazeres, afazeres, crescimento, tentativas, risos, correrias, vida.

Irme Dex estava tão cansade disso.

A necessidade de sair começou com a ideia do cricrilar dos grilos. Dex não conseguia identificar exatamente de onde vinha a afinidade. Talvez tenha sido um filme a que elu assistiu, ou uma exposição de museu. Algumas mostras de arte multimídia que salpicavam sons da natureza, talvez. Elu nunca vivera em nenhum lugar onde grilos cricrilassem, mas, uma vez registrada a ausência desse som na paisagem sonora da Cidade, ela não podia mais ser ignorada. Elu notou isso enquanto cuidava do jardim da cobertura do Mosteiro Toca da Campina, como era sua vocação. *Seria mais bonito aqui se houvesse alguns grilos*, pensava elu ao varrer e capinar. Ah, insetos e assemelhados não faltavam: borboletas, aranhas e besouros em abundância, todos pequenos sinantropos felizes cujos ancestrais haviam decidido que a Cidade era preferível aos campos caóticos além de suas paredes fronteiriças. Mas nenhuma dessas criaturas cricrilava. Nenhuma delas cantava. Eram insetos da cidade e, portanto, pela estimativa de Dex, inadequados.

A ausência persistia à noite, quando Dex estava enrolade embaixo das cobertas macias no dormitório. *Aposto que é bacana adormecer ouvindo grilos*, pensou elu. No passado, o som dos sinos à hora de dormir no mosteiro sempre fez elu pegar no sono na hora, mas o outrora calmante tinido metálico agora parecia aborrecedor e barulhento: não doce e alto, como os grilos eram.

A ausência era palpável também durante o dia, quando Dex montava em sua bicivaca para ir à fazenda de minhocas, à biblioteca de sementes ou aonde quer que o dia levasse. Havia música, sim, e pássaros com opiniões melódicas, sim, mas também o *uush* elétrico de monotrilhos, o *suup suup* das turbinas eólicas da varanda, o burburinho interminável de pessoas falando, falando, falando.

Em pouco tempo, Dex não alimentava mais algo tão simples quanto um estranho desejo de ouvir um inseto distante. A coceira tinha se espalhado para todos os aspectos de sua vida. Quando olhava para os arranha-céus lá no alto, já não se maravilhava com a altura, mas se desesperava com a densidade deles: infinitas pilhas de humanidade, empacotadas tão perto umas das outras que as videiras que recobriam as armações engendradas de caseína podiam prender suas gavinhas umas nas outras. A intensa sensação de *contenção* dentro da Cidade se tornou intolerável. Dex queria habitar um lugar que não se espalhasse para *cima*, mas para *fora*.

Um dia, no início da primavera, Dex se vestiu com o tradicional vermelho e marrom de sua ordem, evitou a cozinha pela primeira vez nos nove anos em que vivera na Toca da Campina e entrou no escritório da Guardiã.

— Estou mudando minha vocação — disse Irme Dex. — Estou indo às aldeias para fazer serviço de chá.

A Irmã Mara, que estava no meio do ato de lambuzar uma torrada dourada com o máximo de geleia que ela pudesse suportar estruturalmente, parou com a colher em punho e piscou.

— Isso é bastante repentino.

— Para você — disse Dex. — Não para mim.

— Tudo bem — respondeu a Irmã Mara, pois seu dever como Guardiã era simplesmente supervisionar, não ordenar. Aquele era um mosteiro moderno, não uma hierarquia presa a regras como o clero pré-Transição de antigamente. Se a Irmã Mara soubesse o que estava acontecendo com os monges sob seu teto compartilhado, já ficava satisfeita com o próprio trabalho. — Você quer ser aprendiz?

— Não — respondeu Dex. O estudo formal tinha seu lugar, mas ele havia feito isso antes, e aprender fazendo era um caminho igualmente válido. — Quero ser autodidata.

— Posso perguntar por quê?

Dex enfiou as mãos nos bolsos.

— Não sei — falou ele com sinceridade. — É simplesmente uma coisa que preciso fazer.

O olhar de surpresa da Irmã Mara permaneceu, mas a resposta de Dex não era o tipo de declaração com o qual qualquer monge poderia ou gostaria de contra-argumentar. Ela deu uma mordida na torrada, saboreou-a, e então voltou a atenção para a conversa novamente.

— Bem, hum… Você precisará encontrar pessoas que assumam suas responsabilidades atuais.

— Claro.

— Vai precisar de suprimentos.

— Vou cuidar disso.

— E, naturalmente, precisaremos fazer uma festa de despedida.

Dex se sentiu constrangide com esse último item, mas sorriu.

— Claro — concordou elu, preparando-se para uma noite futura como o centro das atenções.

No fim, a festa foi agradável. Foi bem bacana, se Dex quisesse ser honeste. Houve abraços, lágrimas e muito vinho, como a ocasião exigia. Houve momentos em que Dex se perguntou se estava fazendo a coisa certa. Elu se despediu da Irmã Avery, com quem trabalhara lado a lado desde seus dias de aprendiz. Despediu-se de Irme Shay, que chorou com vontade, do jeito que lhe era peculiar. Despediu-se do Irmão Baskin, o que foi particularmente difícil. Dex e Baskin haviam sido um casal por um tempo e, embora não fossem mais, o afeto permanecia. Nessas despedidas, o coração de Dex se encolheu, protestando em voz alta, alegando que não era tarde demais, que elu não precisava fazer aquilo. Não precisava ir.

Grilos, pensou elu, e o protesto desapareceu.

No dia seguinte, Irme Dex empacotou roupas e artigos diversos numa bolsa e preparou um pequeno caixote com sementes e mudas. Enviou uma mensagem a seus genitores, avisando que aquele era o dia, e que o sinal não seria confiável enquanto estivesse na estrada. Deixou a cama feita para quem fosse usar depois delu. Comeu um farto café da manhã para acalmar a ressaca e distribuiu uma última rodada de abraços.

Com isso, elu deixou a Toca da Campina.

Foi uma sensação estranha. Em qualquer outro dia, o ato de passar por uma porta era algo a que Dex não prestaria mais atenção do que a colocar um pé na frente do outro. Mas havia um senso de gravidade em deixar um lugar para sempre, um profundo senso de mudança sísmica. Dex se virou, bolsa nas costas e caixote embaixo do braço. Elu olhou para o mural do Deus Filho Allalae, *seu* deus, Deus dos Pequenos Confortos, representado pelo grande urso de verão. Dex tocou o pingente de urso que trazia pendurado no pescoço, lembrando-se do dia em que o Irmão Wiley lhe dera, quando seu outro tinha se perdido na lavanderia. Dex deu um suspiro trêmulo, então foi embora, cada passo seguro e firme.

A carroça esperava por elu no Mosteiro da Colmeia da Meia-Lua, perto dos limites da Cidade. Dex atravessou o arco que dava na oficina sagrada, uma silhueta solitária em vermelho e marrom entre uma multidão de macacões verde-mar. Os ruídos da Cidade não eram nada comparados à calamidade ali, um cântico sacro na forma de serras de mesa, soldadoras elétricas, impressoras 3D tecendo encantos de bolso a partir de pectina tingida em cores vivas. Dex nunca havia encontrado seu contato pessoalmente, a Irmã Fern, mas ela lhe deu os cumprimentos com um abraço familiar, com cheiro de serragem e cera de abelha.

— Venha ver sua nova casa — convidou ela, com um sorriso confiante.

Era, como encomendado, uma carroça bicivaca: dois andares, rodas grossas, pronta para a aventura. Um objeto ao mesmo tempo de praticidade e estética convidativa. Um mural decorava a parte externa do veículo, e suas imagens não podiam ser confundidas com qualquer coisa que não fosse monástica. A maior imagem era a do urso de Allalae, bem alimentado e à vontade num campo florido. Todos os símbolos dos Seis Sagrados foram pintados na traseira da carroça, junto a um trecho parafraseado dos Insights, uma frase que qualquer pangane entenderia.

Encontre a força para fazer as duas coisas.

Cada andar da carroça tinha um arranjo lúdico de janelas redondas, além de luzes externas em forma de bolha para as horas mais escuras. O telhado fora recoberto com revestimento termovoltaico brilhante, e uma miniturbina eólica havia sido lindamente aparafusada em um dos lados. Estes, explicou a Irmã Fern, eram os companheiros das folhas ocultas de bateria de grafeno imprensadas dentro das paredes, que conferiam vida a diversos confortos eletrônicos. Nas laterais da carroça, uma ampla variedade de equipamentos estava afixada a prateleiras resistentes: caixas de armazenamento, kits de ferramentas, qualquer coisa que não se importasse com um pouco de chuva. Tanto o tanque de água potável quanto o filtro de água de reúso abraçavam a base da carroça, seu complicado funcionamento interno escondido atrás de envoltórios semelhantes a pontões. Também havia painéis de armazenamento e gavetas deslizantes, todos os quais poderiam ser desdobrados para criar uma cozinha e um chuveiro de acampamento sem perda de tempo.

Dex entrou na engenhoca pela única porta e, ao fazê-lo, desfez-se um nó no pescoço, que elu nem sabia que tinha. Os discípulos de Chal tinham construído para elu um pequeno santuário, uma toca móvel que implorava para que Dex entrasse e ficasse quiete. A madeira do interior era laqueada, mas sem pintura, para que o rubor quente do cedro recuperado pudesse ser apreciado na íntegra. Os painéis de iluminação foram embutidos em ondas enroladas e banhavam o espaço secreto como o brilho de uma vela. Dex passou a mão pela parede, mal acreditando que aquilo tudo fosse delu.

— Suba — persuadiu a Irmã Fern, encostando-se na porta com um brilho nos olhos.

Dex subiu a escadinha que levava ao segundo andar. Toda a lembrança de seu nó no pescoço desapareceu da existência no instante que elu viu a cama. Os lençóis eram macios; os travesseiros, abundantes; os cobertores, pesados como um abraço. Parecia incrivelmente fácil cair nela e igualmente difícil de sair.

— Usamos o *Tratado sobre camas* de Irme Ash como referência — disse a Irmã Fern. — O que achou?

Irme Dex acariciou um travesseiro com reverência silenciosa.

— Está perfeito — respondeu elu.

Todo mundo sabia o que um monge de chá fazia, então Dex não estava muito preocupade com o começo. Serviço de chá não tinha nada de misterioso. As pessoas chegavam à carroça com seus problemas e saíam com uma caneca de chá recém-preparado. Dex havia se refugiado para descansar em salões de chá muitas vezes, como todos faziam, e tinha lido muitos livros sobre as minuciosidades da prática.

Uma quantidade interminável de tinta eletrônica havia sido derramada sobre a antiga tradição, mas tudo podia ser resumido em *ouvir as pessoas, dar-lhes chá*. O mais descomplicado possível. Agora, claro, teria sido mais fácil seguir o Irmão Will e a Irmã Lera no salão de chá da Toca da Campina algumas vezes; e ambos haviam oferecido isso assim que a notícia sobre a partida iminente de Irme Dex começara a circular... mas, por algum motivo qualquer, esse curso de ação simplesmente não se encaixava em tudo... seja lá o que Dex estivesse fazendo. Elu tinha de fazer isso por conta própria.

Elu ainda não tinha saído da Cidade quando montou seu primeiro serviço, mas estava nas Faíscas, um distrito marginal bem afastado de seus arredores familiares. Era um passinho minúsculo, um dedo do pé tocando as águas antes do mergulho. Seus irmes na Toca da Campina tinham se oferecido para ajudar, mas Dex queria fazer isso sozinhe. Era assim que seria lá fora, nas aldeias. Dex precisava se acostumar a fazer isso sem se ancorar em rostos amigos.

Dex havia adquirido algumas coisas para aquele dia: uma mesa dobrável, um pano vermelho para cobri-la, uma variedade de canecas, seis latas de chá e uma chaleira elétrica colossal. A chaleira era a parte mais importante, e Dex estava feliz com a que tinha encontrado. Era alegremente rechonchuda, com revestimento de cobre e uma pequena abertura redonda de vidro em ambos os lados, para a pessoa poder ver a dança das bolhas ferventes. Vinha com um tapete solar de enrolar, que Dex estendeu ao lado da chapa quente com cuidado.

Mas, quando elu recuou para admirar a montagem, os artigos que pareciam tão bonitos quando elu os coletara no mercado agora pareciam um pouco simplezinhos. Era mesa demais e coisas de menos em cima dela. Dex mordeu o lábio ao pensar no salão de chá em casa — não, *casa* não, não mais — com suas guirlandas tecidas de ervas perfumadas e lanternas cintilantes que haviam passado o dia absorvendo o sol.

Dex balançou a cabeça. Elu estava sendo insegure. E daí que a mesa delu ainda não fosse muito para olhar? Era sua primeira vez. As pessoas entenderiam.

As pessoas, no entanto, não vieram. Dex ficou horas sentade atrás da mesa, as mãos cruzadas no espaço entre as canecas e a chaleira. Elu fez um esforço para parecer descontraíde e acessível, afastando qualquer tédio que começasse a se espalhar pelo rosto. Reorganizou as canecas, alisou o tapete solar, fingiu estar ocupade medindo colheres de chá. Afinal, *havia* gente na rua, indo e vindo a pé e de bicicleta. Às vezes, um olhar curioso se desviava na direção de Dex, e Dex sempre o recebia com um sorriso acolhedor, mas a resposta, invariavelmente, era um tipo diferente de sorriso, o tipo que dizia *obrigade, mas não hoje*. Tudo bem, Dex disse para si enquanto as latas de chá não usadas olhavam para elu com tristeza. Simplesmente estar disponível era serviço suficiente para...

Alguém se aproximou.

Dex se endireitou.

— Olá! — disse elu, com um pouco de simpatia demais. — O que te aflige hoje?

O alguém era uma mulher carregando uma bolsa de trabalho e com cara de quem não tinha dormido.

— Meu gato morreu ontem à noite — disse ela, pouco antes de explodir em lágrimas.

Dex percebeu com um baque azedo no estômago que elu estava do lado errado do vasto abismo entre ter lido sobre fazer uma coisa e *fazer a coisa*. Elu tinha sido monge de jardim até a véspera e, nesse contexto, suas expressões de conforto aos visitantes do mosteiro vinham na forma de uma pata de raposa saudável subindo uma treliça ou uma rosa cuidadosamente podada em flor. Era uma troca expressa através do ambiente, não por meio de palavras. Dex ainda não era ume monge de chá de verdade. Elu era apenas uma pessoa sentada a uma mesa com um monte de canecas. A carroça, a chaleira, o vermelho e o marrom, o fato de estar claramente muito além da idade de aprendiz: tudo isso comunicava que elu sabia o que estava fazendo.

Elu não sabia.

Dex fez o possível para demonstrar simpatia, que era o que elu queria fazer, em vez de estar perdide, que era o que realmente estava.

— Sinto muito — disse elu.

Elu se atrapalhou tode para lembrar os conselhos escritos que passara horas consumindo, mas não só os pontos específicos haviam evaporado da sua cabeça, como o vocabulário básico também. Uma coisa era saber que as pessoas lhe contariam seus problemas. Outra era um estranho de verdade, de carne e osso, parado em pé à sua frente, chorando profusamente como forma de apresentação, e saber que você — *você* — era responsável por melhorar essa situação.

— Isso é… muito triste — disse Dex. Elu ouviu as palavras, ouviu o tom, ouviu o quanto a combinação saiu patética.

Tentou encontrar algo sábio para dizer, algo perspicaz, mas tudo o que saiu de sua boca foi:

— Era um bom gato?

A mulher assentiu enquanto tirava um lenço do bolso.

— Minhe parceire e eu o pegamos quando ele era um filhotinho. Queríamos filhos, mas não deu certo, então pegamos o Flip, e... e ele era realmente a única coisa que ainda tínhamos em comum. As pessoas mudam tanto em vinte anos, sabe? Se tivéssemos nos conhecido agora, acho que não teríamos nenhum interesse mútuo. Já faz um ano desde a última vez que fizemos sexo. Nós dois dormimos com outras pessoas, então não sei por que estamos nos apegando a isso. Hábito, eu acho. Vivemos no mesmo apartamento há tanto tempo. Você sabe como é, você sabe onde fica a sua casa e onde estão todas as suas coisas, e começar de novo é muito assustador. Mas Flip era... Não sei, a... a última ilusão de que ainda compartilhávamos uma vida. — Ela assoou o nariz. — E agora ele se foi, e acho... acho que terminamos.

O plano de Dex tinha sido mergulhar um dedo do pé. Mas, em vez disso, elu estava se afogando. Elu piscou algumas vezes, respirou fundo e pegou uma caneca.

— Uau — disse elu. — Isso é... Isso parece ser demais da conta. — Elu pigarreou e pegou uma lata contendo uma mistura de malva. — Este é bom para o estresse, então, hum... você gostaria?

A mulher assoou o nariz novamente.

— A mistura leva espinheiro-marítimo?

— Hã... — Dex virou a lata e leu a lista de ingredientes. — Sim.

A mulher balançou a cabeça.

— Sou alérgica a espinheiro-marítimo.

— Ah. — Dex virou as outras latas. — Espinheiro--marítimo, espinheiro-marítimo, espinheiro-marítimo. Merda. — Aqui, hã, chá-branco. Ele é... Bom, ele tem cafeína, então talvez não seja o ideal, mas... Quero dizer, qualquer xícara de chá cai bem, certo?

Dex tentou parecer esperte, mas a forma como a mulher abaixou os olhos disse tudo. Algo havia mudado em seu rosto.

— Há quanto tempo você está fazendo isso? — perguntou ela.

O estômago de Dex revirou.

— Bom... — Elu mantinha os olhos fixos na colher medidora, como se isso exigisse toda a sua concentração. — Com toda a honestidade, você é minha primeira.

— Sua primeira hoje, ou...

As bochechas de Dex ficaram quentes, e isso não tinha nada a ver com o vapor da chaleira.

— Minha primeira.

— Ah — disse a mulher, e o som de confirmação interna em sua voz era devastador. Ela deu um sorriso contido e forçado. — Chá-branco está bom. — Ela olhou ao redor. — Você não tem lugares para nos sentarmos aqui, não é?

— Ah... — Dex olhou de um lado para o outro, como se estivesse vendo seus arredores pela primeira vez. Deuses ao redor, elu esquecera as *cadeiras*. — Não — respondeu elu.

A mulher ajustou a bolsa.

— Então, sabe, acho que vou...

— Não, espere, por favor — disse Dex. Elu lhe entregou a caneca fervente, ou pelo menos começou fazê-lo, mas o gesto foi tão rápido que elu espirrou água escaldante na própria mão. — Ai, merda... digo, desculpe, eu... — Elu se apressou, limpando a mesa com a manga da camisa. — Aqui, pode ficar com a caneca. De presente. É sua.

A mulher pegou a caneca molhada e Dex sentiu, naquele instante, que a dinâmica havia mudado: que *ela* tentava fazer com que *elu* se sentisse melhor. A mulher soprou a superfície da bebida e tomou um gole hesitante. Mexeu a língua por trás dos lábios inexpressivos. Engoliu enquanto tentava evitar uma cara triste, deu outro sorriso tenso.

— Obrigada — disse ela, sua decepção muito clara.

Dex a viu ir embora. Ficou sentade ali por alguns minutos, olhando para o nada.

Peça por peça, arrumou a mesa.

Dex poderia ter voltado para a Toca da Campina naquele instante. Poderia ter voltado direto pela porta que conhecia tão bem e dito que, pensando bem, até que seria bom estudar como aprendiz, e será que era possível ter seu beliche de volta, por favor?

Mas, ah, que grande papel de bobe elu faria.

Elu tinha dito à Irmã Mara que seria autodidata. Elu tinha a carroça. Conhecia seu deus. Isso teria que ser o bastante.

Dex colocou o reboque no engate e o pé no pedal. A bicivaca respondeu com um impulso elétrico, seu motor elétrico zumbindo com suavidade à medida que máquina e pilote trabalhavam para fazer a carroça rolar com facilidade. Finalmente, *finalmente*, elu deixou a Cidade.

O alívio que sentiu ao ver o céu aberto foi delicioso. Uma grande quantidade de luz solar atingia os níveis mais baixos da Cidade, conforme o projeto, mas havia algo incomparável em tirar os edifícios de vista. O sol tinha atingido seu pico do meio-dia, e o nascer do planeta estava apenas começando. A crista familiar da curva de Motan, seus espessos redemoinhos amarelos e brancos, começava a se fazer visível sobre as Colinas de Cobre. A delineação infraestrutural entre *espaço humano* e *espaço de todo o restante* era austera. A estrada e a sinalização eram as únicas alterações sintéticas na paisagem ali, e as aldeias para onde elas levavam eram tão bem encurraladas quanto a Cidade propriamente dita. Esse tinha sido o caminho das coisas desde a Transição, quando as pessoas redividiram a superfície de sua lua. Cinquenta por cento do único continente de Panga foi designado para uso humano; o restante foi deixado para a natureza, e o oceano permaneceu praticamente intocado. Era uma divisão louca, se você parasse e refletisse sobre isso. Metade da terra para uma única espécie, metade para as centenas de milhares de outras. Mas os humanos tinham o dom de desequilibrar as coisas. Encontrar um limite ao qual eles obedecessem já era vitória suficiente.

Num piscar de olhos, Dex passou da urbanidade densa para o campo aberto, e a justaposição foi ao mesmo tempo surpreendente e bem-vinda. Não que elu nunca tivesse estado fora dos muros da fronteira. Elu crescera em Vale do Feno, onde sua família ainda vivia, e fazia algumas visitas por ano. A Cidade cultivava a maior parte de seu próprio alimento em fazendas verticais e pomares em terraços, mas algumas culturas se saíam melhor com mais área de plantio. As aldeias-satélites da cidade — como Vale do Feno — atendiam a essa necessidade. Não eram como as aldeias rurais para onde Dex estava indo, os modestos enclaves estabelecidos muito além da atração da Cidade, mas os satélites ainda eram sua própria entidade independente, uma espécie de espaço de transição entre o grande e o pequeno. Nada sobre a estrada da campina ou seus pontos turísticos ao redor era novidade para Dex, mas o contexto era, e isso fazia toda a diferença.

Enquanto Dex pedalava, elu começava a desenvolver uma noção do que precisava fazer a seguir, uma bolha suave de pensamento que era bem mais direção geral que plano concreto. Enquanto elu descia a estrada, ocorreu-lhe que não havia motivo para não fazer uma parada em Vale do Feno enquanto resolvesse as coisas. Haveria uma cama para elu na grande casa de fazenda, e um jantar com gosto de infância, e — Dex começou a fazer uma careta de desagrado — seus genitores e seus irmes e os filhos de seus irmes e seus primes e os filhos de seus *primes*, brigando as mesmas brigas às quais se agarravam havia décadas. Haveria cães latindo e correndo em círculos ao redor da cozinha barulhenta, e a experiência, capaz de acabar com qualquer ego, que era ter de explicar a toda a sua família de atenção aguçada que aquele plano laboriosamente apresentado por elu como *a coisa certa a fazer* havia na verdade feito com que se sentisse bastante amedrontade depois de um total geral de *uma única tentativa*, e que elu agora, aos 29 anos, gostaria muito de retornar ao abrigo seguro de sua infância por tempo indeterminado até que descobrisse exatamente que diabos estava fazendo.

Ah, que grande papel de bobe elu faria.

Apareceu a primeira bifurcação na estrada, com uma placa dizendo VALE DO FENO à direita e RIACHINHO à esquerda. Sem pensar duas vezes e nem um pingo de arrependimento, Dex foi para a esquerda.

Como todos os satélites da Cidade, Riachinho tinha a forma de um círculo. O anel externo era uma terra agrícola, repleta de pastagens mistas, árvores frutíferas e culturas de primavera, tudo ali trabalhando em conjunto para criar magia química no solo abaixo. Dex respirou fundo ao passar em sua bicivaca, saboreando a alfafa crocante, o guaco, o sutil perfume de novas flores que se tornariam frutas de verão.

Além das terras agrícolas ficava o anel residencial, repleto de casas que pertenciam a famílias únicas ou múltiplas, de acordo com a preferência. Uma espécie de carinho nostálgico preencheu Dex quando elu viu as casas de espigas bulbosas com suas paredes decoradas com placas brilhantes de vidro colorido, cobertas com telhados de relva florescendo, painéis solares ou ambos. A visão lembrou Dex do Vale do Feno, mas Riachinho ficava decididamente em outro lugar. Dex não conhecia nenhuma das estradas de lá nem nenhuma das pessoas que acenava enquanto bicivaca e carroça passavam. Havia um estranho conforto em estar numa cidade desconhecida não muito longe de casa, onde a familiaridade se limitava a materiais de construção e costumes sociais. Era a mistura ideal entre fugir e não se destacar.

No centro do círculo da aldeia estava a presa de Dex: o Mercado. Elu estacionou a bicivaca e a carroça e começou a explorar a pé. Todos os tipos de vendedores se estabeleciam na praça, mas aquele mercado pertencia decididamente aos agricultores residentes ali. Havia infinitas delícias agrárias para se deixar distrair: vinho, pão, mel, lã crua, fios tingidos, buquês frescos, coroas de flores, peixes aquapônicos e aves de capoeira em caixas de gelo, ovos sarapintados em caixas almofadadas, licores de frutas, verduras folhosas, bolos festivos, sementes para troca, cestas para transporte, amostras para lanches. Mas, apesar das tentações, Dex permaneceu na tarefa, caçando no mercado até encontrar exatamente o que procurava: um estande recheado de mudas, marcado com uma placa entusiástica:

ERVAS! ERVAS!
ERVAS!!!
Cozinha * Chás * Artesanato * Qualquer coisa!

Dex marchou até o balcão, sacou seu computador de bolso, digitou um grande número de pelotas, encostou seu computador no do fornecedor para fazer a transferência e disse:

— Vou querer um de cada.

O agricultor de ervas — um homem em torno da idade de Dex, de nariz torto e barba limpa — tirou os olhos da meia que estava cerzindo.

— Desculpe, Irme, um de...

— Cada — completou Dex. — Um de cada. — Elu olhou para o balcão, onde um pequeno cartaz emoldurado chamou sua atenção. MEUS GUIAS DE REFERÊNCIA FAVORITOS, dizia o cartaz, seguido por um carimbo de biblioteca. Dex escaneou o carimbo com seu computador; um ícone na tela manchada indicava que os livros em questão estavam sendo baixados. — E também — Dex acrescentou para o agricultor, que estava ocupado recolhendo um de *cada* — preciso saber onde posso conseguir utensílios de cozinha. E suprimentos de jardinagem. — Elu pensou. — E um sanduíche.

O agricultor de ervas abordou cada uma dessas necessidades, e o fez calorosamente.

Havia uma clareira de viajantes aninhada entre as terras agrícolas e o anel residencial. Dex estacionou sua carroça ali e, por três meses, foi ali que ficou. Elu comprou mais plantas durante esse tempo, e mais sanduíches também. Saiu com o fazendeiro de ervas em algumas ocasiões, e agradeceu a Allalae por essa doçura.

O andar inferior da carroça rapidamente perdeu qualquer aparência de organização, evoluindo logo para um laboratório todo bagunçado. Plantadores e lâmpadas solares enchiam todos os recantos concebíveis, folhas e brotos constantemente forçando os limites de até que ponto seu cuidador os deixaria se espalhar. Pilhas de canecas usadas contendo os restos de experimentos promissores e inúteis oscilavam sobre a mesa, esperando o momento em que Dex teria a presença de espírito de lavar a louça. Um cabide de suspensão fixou residência no teto e não perdeu tempo em se tornar carregado até o limite com saquinhos de flores-confete e folhas perfumadas secando até ficarem quebradiças. Um pó fino de especiarias moídas cobria tudo, desde o sofá até a escada, e até o interior das narinas de Dex, que fazia regularmente as garrafas chocalharem com espirros explosivos. Durante as horas de sol, quando havia abundância de elétrons, Dex usava um desidratador do lado de fora, transformando bagas e frutas cítricas em lascas macias e mastigáveis. Era ao lado desses objetos companheiros que Dex passava incontáveis horas medindo e murmurando, servindo doses e marcando o tempo. Ia dar certo. Elu tinha de fazer dar certo.

Se o andar de baixo era frenético, o de cima era sereno. Dex fazia questão absoluta de não o usar para armazenamento, mesmo quando as prateleiras lá embaixo gemeram e os palavrões de Dex começaram a ficar mais altos a cada vez que elu dava de cara *mais uma vez* com uma parede de ervas penduradas. O andar de cima era, para todos os efeitos e propósitos, solo sagrado. Todas as noites, Dex deixava seu deus ouvir um suspiro de agradecimento quando elu subia a escada e caía na cama acolhedora. Elu raramente usava as luzes lá em cima, preferindo abrir a claraboia do telhado. Adormecia à luz das estrelas, inspirando o odor desordenado de uma centena de especiarias, ouvindo o gorgolejo de bombas de água alimentando raízes contentes em pequenos vasos.

Apesar dessas bênçãos, às vezes Dex não conseguia dormir. Nessas horas, elu sempre se perguntava o que estava fazendo. Elu nunca sentiu que, de fato, tinha controle sobre aquilo. Mas continuava fazendo mesmo assim.

2

MELHOR MONGE DE CHÁ DE PANGA

Depois de dois anos, viajar pelas estradas tranquilas entre as aldeias de Panga não era mais uma questão de mapeamento mental, mas de entrada de dados sensoriais. Ali, na floresta do Passo do Espinheiro, Dex sabia que estava perto do homônimo da rodovia não por causa das placas que informavam isso, mas por causa do cheiro: enxofre e minerais, unidos num leve espessamento da umidade. Fontes termais verdes leitosas apareceram diante de seus olhos minutos depois, conforme o esperado, bem como a suave cúpula branca da usina de energia ao lado, exalando vapor pelas chaminés. Não havia nada assim na Região do Matagal, onde Dex havia acordado naquela manhã. Lá, você encontraria fazendas solares construídas em campos virgens, que tinham aroma de flores silvestres e arbustos aquecidos pelo sol. Dentro de uma semana, haveria outra transição, já que a rota de Dex levaria para fora da região de Madeira e desceria até a costa de Mulândia, onde o ar salgado mantinha as lâminas eólicas girando. Mas, por ora, Dex faria companhia ao cheiro da floresta. O enxofre das fontes foi rapidamente subsumido sob sempre-vivas frescas enquanto Dex pedalava adiante e, em pouco tempo, os prédios baixos como a usina geotérmica começaram a escassear e se distanciar uns dos outros.

Um chão de floresta, os aldeões da Terra do Bosque sabiam, é uma coisa viva. Vastas civilizações jazem dentro do mosaico de terra: labirintos de himenópteros, salas de pânico de roedores, vias aéreas revitalizantes esculpidas pelo tráfego de vermes, cabanas de caça de aranhas esperançosas, abrigos para besouros nômades, árvores que timidamente entrelaçam os dedos dos pés umas nas outras. Ali era possível encontrar os recursos da podridão, a integridade dos fungos. Perturbar aquelas vidas escavando era uma violência — embora às vezes necessária, conforme demonstrado pelos pássaros e pelos gambás brancos que impetuosamente chutavam o húmus para longe na busca necessária de uma barriga cheia. Ainda assim, os residentes humanos daquele lugar eram criteriosos sobre o que constituía uma *verdadeira necessidade* e, assim, perturbavam o solo o mínimo possível. Trilhas cuidadosas foram abertas, é claro, e alguns objetos — cisternas, junções de energia, veículos comerciais e assim por diante — não tinham escolha a não ser viver colados ao chão. Mas se você quisesse ver a totalidade de um assentamento da Terra do Bosque, a direção a olhar era para cima.

Dex não pôde deixar de olhar para as casas suspensas dos troncos acima da trilha, apesar de já tê-las visto muitas vezes. Espinheiro era uma vila atraente de um modo único, lar de alguns dos carpinteiros mais habilidosos da região. As casas suspensas pareciam conchas, abertas para revelar uma geometria suave. Tudo ali se curvava — os telhados que protegiam da chuva, as janelas que deixavam a luz entrar, as pontes que corriam entre elas como joias. A madeira era toda recolhida de estruturas inadequadas sem uso ou colhida de árvores que não haviam precisado de algo senão de lama e da gravidade para derrubá-las. Mas não havia nada de lascado ou áspero na madeira; os artesãos de Espinheiro haviam polido a fibra de um modo tão liso que, à distância, parecia quase barro. As características práticas da aldeia eram onipresentes — sistemas de polias motorizados para transportar mercadorias mais pesadas para cima e para baixo, escadas de emergência prontas para serem baixadas a qualquer momento, digestores de biogás bulbosos fixados do lado de fora das paredes das cozinhas —, mas cada casa tinha um caráter único, um pequeno capricho dos construtores. Esta tinha um deque que dançava em uma espiral ao redor da casa, aquela tinha uma claraboia em formato de bolha, aquela outra tinha uma árvore crescendo *através* dela, e não ao lado. As residências eram como as próprias árvores nesse aspecto: parte inconfundível de uma categoria visual específica, mas cada uma com a própria individualidade.

Carroças como a de Dex não tinham chance numa ponte suspensa, então Dex pedalou até uma das raras áreas abertas: o círculo do mercado. O sol cascateava pelo buraco cortado na copa, criando uma abundante coluna de luz que brincava agradavelmente com a pavimentação cor de manteiga incrustada com pedras de cores vibrantes. Dex não havia se importado com a friagem da floresta, mas a súbita explosão de calor era como uma mão calmante apertando seus membros nus. Allalae estava muito presente ali.

Outros vagões já haviam se instalado: um vendedor de vidro da costa, um trocador de tecnologia, alguém vendendo óleos de cozinha, essenciais e de madeira. Os comerciantes assentiram quando Dex entrou ali pedalando. Elu não conhecia ninguém, mas acenou de volta com a cabeça da mesma maneira. Era um aceno especial, do tipo que comerciantes davam uns aos outros, embora Dex *não fosse* comerciante, tecnicamente. A carroça delu deixava esse fato claro como o dia.

Dex deu um tipo diferente de aceno de cabeça para a pequena multidão que já esperava na periferia do círculo, um aceno que dizia: *ei, estou vendo vocês, estarei pronte em breve.* A primeira vez que Dex encontrou pessoas esperando foi estressante, mas elu aprendeu logo a não deixar que isso incomodasse. Elu entrava num espaço em sua mente em que havia uma parede invisível entre elu e sua assembleia, atrás do qual poderia trabalhar sem perturbações. A coisa que as pessoas queriam levava tempo para preparar. Se quisessem, poderiam esperar.

Dex parou em um lugar vago no círculo, freou a bicivaca e travou as rodas do vagão. O cabelo rebelde caiu em seus olhos quando elu o soltou do capacete, escondendo o mercado da vista. Não havia esperança para o cabelo que tinha ficado preso num capacete desde o amanhecer, então elu amarrou um lenço na cabeça e deixou para consertar a bagunça depois. Elu entrou no vagão, tirou a camisa molhada e a jogou no saco de lavanderia que continha apenas roupas vermelhas e marrons. Elu borrifou o corpo generosamente com pó desodorante, pegou uma camisa seca de cima da pilha cada vez menor e tornou a amarrar o lenço numa simetria respeitável. Daria para o gasto.

A produção começou. Dex ia e voltava entre o espaço público exterior e a casa interior, transportando tudo o que era necessário. Caixas eram carregadas; jarros, arrumados; sacos, desembalados; chaleira, acionada; o refrigerador de cremes estava em prontidão. Estes foram colocados em cima ou ao redor da mesa dobrável, cada um no seu lugar habitual. Dex encheu a chaleira com a água do tanque do vagão, deixando-a ferver ao posicionar artisticamente pedras esculpidas, flores preservadas e cachos de fita festiva em torno dos espaços vazios da mesa. Um santuário tinha de se parecer com um santuário, ainda que fosse transitório.

Uma das aldeãs da multidão à espera se aproximou de Dex.

— Você precisa de ajuda? — perguntou.

Dex balançou a cabeça.

— Não, obrigade. Eu tenho tipo um... — Elu olhou para o pote de flores em uma mão e a bateria no outro, tentando lembrar o que estava fazendo.

A aldeã ergueu as palmas das mãos.

— Você tem um fluxo. Totalmente. — Sorriu e recuou.

Com o ritmo recuperado, Dex desdobrou um enorme tapete vermelho e o estendeu sobre o pavimento. Um maço de postes dobráveis foi desempacotado em seguida, e destes Dex fez uma moldura retangular, onde pendurou as luzes do jardim que tinham ficado carregando fora do vagão o dia todo. Almofadas confortáveis vieram em seguida, dispostas sobre o tapete em montes convidativos. No meio disso tudo Dex colocou outra mesa, bem menor e bem rente ao solo. Esta também estava alegremente decorada. Elu então abriu uma caixinha de madeira e retirou seis objetos, um a um, desenrolando-os dos pedaços de pano que os protegia do chacoalhar da estrada. Dex poderia facilmente imprimir substitutos se eles fossem danificados; a maioria das cidades tinha um barracão de fabricação. Não era essa a questão. Nenhum objeto deveria ser tratado como descartável — ídolos, menos ainda.

Os ícones dos Deuses Pais foram os primeiros a ocupar seus lugares sobre a mesinha, colocada sobre um suporte de madeira cortado para aquele propósito exato. Uma esfera perfeita representava Bosh, Deus do Ciclo, que supervisionava todas as coisas que viviam e morriam. Grylom, Deus do Inanimado, era simbolizado por uma pirâmide trilateral, um aceno abstrato para seu reino de rocha, água e atmosfera. Entre eles foi colocada a fina barra vertical de Trikilli, Deus dos Filamentos — química, física, a estrutura invisível subjacente. Abaixo de seus Pais, diretamente sobre a mesa, Dex arranjou os Deuses Filhos: um gaio solar para Samafar, uma abelha açucareira para Chal e, claro, o urso de verão.

Por fim, Dex sentou-se na cadeira atrás da mesa maior. Elu sacou seu computador de bolso das calças de viagem folgadas e despertou a tela. Era um bom computador, que elu ganhara em seu aniversário de dezesseis anos, um presente comum na chegada à vida adulta. Tinha uma moldura cor de creme e uma tela agradavelmente nítida, e Dex só havia precisado consertá-lo cinco vezes nos anos que ele tinha viajado em suas roupas. Um dispositivo confiável construído para durar uma vida inteira, como todos os computadores. Dex tocou no ícone em forma de aperto de mão e o computador apitou alegremente, fazendo elu saber que a mensagem tinha sido enviada. Essa era a deixa de Dex para se sentar e esperar. Todas as pessoas em Espinheiro que já haviam dito a seus próprios computadores de bolso que queriam saber quando novas carroças chegassem agora sabiam exatamente que isso tinha acontecido.

Numa sincronia cômica, todos na multidão sacaram seus computadores segundos após o toque de Dex, silenciando o coro de alertas. Dex riu, e a multidão riu, e elu acenou para que eles viessem.

A sra. Jules foi a primeira a chegar, como sempre. Dex sorriu para si quando ela se aproximou. De todas as constantes dos Seis Sagrados, Dex não conseguia pensar em muitas coisas mais previsíveis que o estresse da sra. Jules.

— Estou tão feliz que você esteja aqui hoje — disse a sra. Jules, bufando de cansaço. A engenheira hídrica de Espinheiro olhou para a aldeia atrás dela com uma profunda irritação, um polegar enganchado na presilha de cinto de seu macacão sujo, cachos esvoaçantes de cabelos grisalhos balançando junto à sua cabeça. — Seis relatos de ninhos de parasitas de esterco. *Seis.*

— Blergh — disse Dex. Parasitas de esterco adoravam ralos e eram notoriamente difíceis de desestimular depois de se estabelecerem. — Achei que você tivesse resolvido isso na estação passada com o... o que era mesmo?

— Ácido fórmico — explicou a sra. Jules. — É, mas este ano não funcionou. Não sei se minha equipe não aplicou direito, ou se os desgraçadinhos se tornaram resistentes, ou o que mais. Só sei que tenho uma lista de tarefas mais comprida que as minhas duas pernas juntas, a linha cinza do sr. Tucker continua entupindo por razões que não consigo entender, e minha *cachorra*... — Ela fez uma carranca assassina. — Minha cachorra comeu três pares de meias minhas ontem. Não fez furos mastigando. Não rasgou. Ela *comeu* tudo. Tive de chamar o veterinário de Bosque Velho para ter certeza de que ela não ia morrer, coisa para a qual eu *não* tinha tempo.

Dex deu um sorriso irônico.

— Não tinha tempo para ver o veterinário ou não tinha tempo para a sua cachorra quem sabe morrer?

— *Ambos*.

Dex assentiu, avaliando a situação e as ferramentas que tinha em mãos. Elu pegou uma caneca larga e um dos muitos potes. O último estava cheio com um combinado de folhas e pétalas secas misturadas manualmente e trazia uma etiqueta feita à mão na qual estava escrito "mistura nº 14". Dex abriu a tampa e segurou o pote para a sra. Jules cheirar.

— O que acha deste?

A sra. Jules se inclinou e inalou.

— Ah, este aqui é bom — disse ela. — Guaco?

Dex balançou a cabeça ao colocar um pouco da mistura num infusor de metal.

— Quase. Capim-leão — respondeu elu, com uma piscadela. — É bem calmante.

A sra. Jules bufou.

— Quem disse que eu preciso de calmante? — retrucou.

Dex riu e encheu a caneca com o conteúdo da chaleira. Uma baforada de vapor perfumado juntou-se ao ar da floresta.

— Eu lembro que você gosta de mel e leite de cabra, certo?

— Uau, sim. — A sra. Jules piscou, surpresa. — Você sabe das coisas.

Dex derramou uma colherada generosa e uma porção de leite, e então entregou à sra. Jules sua caneca de chá.

— Dê quatro minutos para assentar — orientou elu — e leve o tempo que quiser para beber. Me diga depois se gostaria de outra.

— Não tenho tempo para duas — respondeu a sra. Jules com amargura.

Irme Dex sorriu.

— Todo mundo tem tempo para duas. Qualquer pessoa que vir você aqui vai entender. — E iriam mesmo, Dex sabia. Era difícil encontrar um cidadão de Panga que não tivesse, pelo menos uma vez, passado uma ou duas horas muito necessárias na companhia de um monge de chá.

Os cachos da sra. Jules mantiveram o frisado, mas, quando ela pegou a caneca, algo em seu rosto começou a se soltar, como se suas feições tivessem sido mantidas no lugar por cordas que esperavam meses para afrouxar.

— Obrigada — disse ela com sinceridade, sacando o computador de bolso com a mão livre. A sra. Jules tocou a tela; o computador de Dex gritou em resposta, e elu acenou com a cabeça em gratidão. Uma vez concedido o seu descanso de parasitas e cachorra comendo meias, a sra. Jules levou o chá para as almofadas confortáveis, e — no que aparentemente poderia ser a primeira vez naquele dia — se sentou.

Ela fechou os olhos e soltou um tremendo suspiro. Seus ombros caíram visivelmente. Ela sempre tivera a capacidade de relaxá-los; só precisava de permissão para fazer isso.

Louvade seja Allalae.

Dex engoliu um suspiro melancólico ao ver seu próximo visitante se aproximando. O sr. Cody era um homem bonito, com braços fortes, de quem sabe pegar num machado, e um sorriso que poderia fazer uma pessoa esquecer todo o conceito de tempo linear. Mas os dois bebês amarrados ao seu torso — um gritando na frente, um dormindo a sono solto nas costas — faziam Dex guardar qualquer pensamento sobre o restante da anatomia do sr. Cody completamente para si. Pelos círculos sob os olhos do sr. Cody, parecia que sexo era o último assunto em sua cabeça.

— Oi, Irme Dex — cumprimentou ele.

Dex já tinha um pote de figofebril na mão e estava prestes a pegar a raiz-furada.

— Oi, sr. Cody — respondeu elu.

— Então, hã... — o sr. Cody estava distraído com o bebê da frente roendo e babando na alça de transporte. — Qual é, não faz isso — pediu ele numa voz que não tinha nenhuma ilusão de que seu pedido fosse ser respeitado. Suspirou e voltou a atenção para Dex. — Então, o negócio é...

— Um-hum — disse Dex, moendo uma mistura complexa de ervas.

O sr. Cody abriu a boca, fechou-a, tornou a abrir.

— Tenho gêmeos — disse ele. Não acrescentou mais nada. O bebê que estava no seu peito soltou um grito feliz a plenos pulmões, como se para reforçar a afirmação.

— Umm-*humm* — respondeu Dex. — Com toda a certeza. — Elu derramou as ervas moídas num saco de armazenamento, amarrou-o com uma fita e empurrou-o sobre a mesa decisivamente.

O sr. Cody piscou, surpreso.

— Eu não ganho uma caneca de chá?

— Você ganha oito canecas de chá — falou Dex, acenando com a cabeça para o saco —, porque você com certeza precisa delas pra caralho. — Elu franziu o nariz para o bebê, e o bebê sorriu ostensivamente. Dex continuou a falar com o pai gostoso do referido bebê. — Esta é uma boa bebida de figofebril. Vai relaxar seus músculos e ajudá-lo a cair num sono profundo. Duas colheres de sopa numa caneca de água fervente, deixe assentar por sete minutos. Retire o filtro quando estiver pronto para beber, ou então vai ficar com gosto de chulé.

O sr. Cody pegou o saco e cheirou.

— Não tem cheiro de chulé. Tem cheiro de... — Ele cheirou novamente. — Laranjas?

Dex sorriu.

— Há uma pitada de raspas aí. Você tem um nariz bom. — *E uma cara boa*, pensou elu. *Uma cara realmente, realmente boa.*

O sr. Cody sorriu, até mesmo quando as exultações do primeiro filho acordaram o segundo e os dois começaram um dueto.

— Parece bom — disse ele. O alívio começou a derreter as linhas ao redor de seus olhos. — Eu adoraria dormir. Não vai me derrubar, certo? Tipo, vou acordar se...

— Se seus filhos precisarem de algo, você vai acordar rápido como sempre. Figofebril é um carinho suave, não uma tijolada na cabeça.

O sr. Cody riu.

— Certo, ótimo. — Ele enfiou a sacolinha no bolso com um sorriso e transferiu pelotas para Dex. — Obrigado. Muito bacana da sua parte.

Dex retribuiu o sorriso.

— Agradeça a Allalae — disse elu. *E a mim. Isso é legal. Você pode me agradecer também.*

Elu suspirou novamente com a visão sublime do sr. Cody indo embora.

Lá no tapete, o cronômetro do computador de bolso da sra. Jules apitou. Dex assistiu de soslaio enquanto ela tomava um gole cuidadoso. A sra. Jules lambeu os lábios.

— Deuses ao redor, isto aqui é bom — murmurou para si mesma.

Dex sorriu de orelha a orelha.

E assim elu trabalhou com a fila, enchendo canecas, ouvindo com atenção e misturando ervas na hora quando a situação assim o exigia. O tapete logo ficou cheio de gente. Conversas agradáveis fluíam com naturalidade aqui e ali, mas a maioria das pessoas estava quieta. Alguns liam livros em seus computadores. Alguns dormiam. Uns poucos choravam, o que era normal. Seus companheiros bebedores de chá ofereciam ombros para isso; Dex fornecia lenços e novas doses conforme necessário.

Sre. Weaver, membro do conselho de Espinheiro, foi a última pessoa a chegar naquele dia.

— Não quero chá, obrigade — disse elu ao se aproximar da mesa. — Venho trazer um convite para jantar na casa comum esta noite. O grupo de caça trouxe um alce enorme esta manhã, e temos bastante vinho para acompanhar.

— Eu adoraria — replicou Dex. Refeições oferecidas eram uma das vantagens mais agradáveis de seu trabalho, e elu jamais recusaria um assado de alce. — Qual é a ocasião?

— Você — disse sre. Weaver, simplesmente.

Dex piscou, surprese.

— Você está de brincadeira.

— Não, sério. Sabíamos pela sua agenda que você estaria prestando serviço aqui hoje, e queríamos fazer algo especial para agradecer. — Sre. Weaver gesticulou para o grupo satisfeito descansando nas almofadas de Dex. — Você sabe, pelo que você traz para esta cidade.

Dex ficou lisonjeade, para dizer o mínimo, e sem saber o que fazer com um elogio como aquele.

— É apenas a minha vocação — disse Dex —, mas isso significa muito, mesmo. Obrigade. Estarei lá.

Sre. Weaver deu de ombros e sorriu.

— É o mínimo que podemos fazer por você, melhor monge de chá de Panga.

A estrada da Região Florestal levava para a estrada da Região do Litoral, que levava para a Região Fluvial, que levava para a Região do Matagal e voltava à Região Florestal mais uma vez. Dex fazia esse circuito repetidas vezes e, a cada parada, encontrava gratidão, presentes, boa vontade. As multidões aumentavam, os jantares ficavam mais frequentes. As misturas que Dex servia se tornavam um pouco mais criativas a cada rodada. Para a vida de um monge de chá, essa era a medida do sucesso.

E ainda assim, em algum ponto indefinido, Dex começou a acordar todas as manhãs com a sensação de que não havia dormido.

Esse foi o caso numa manhã em particular em que ele acordou no Passo das Neves. Ele *tinha* dormido, isso era certo. Havia uma profunda ausência de lembranças que se estendia intacta desde quando estava ouvindo os sapos nas árvores escuras lá fora até agora, quando ele forçava a vista para enxergar a tela do computador de bolso e notava que sete horas e meia redondinhas haviam se passado desde a última vez que a conferira. Não havia um bom motivo para acordar cansade, mas também não havia motivo para isso em nenhuma das outras manhãs. Talvez precisasse comer melhor. Talvez fosse falta de alguma vitamina, ou açúcar bom, ou algo que não estivesse ingerindo o suficiente. Provavelmente isso, pensou ele, embora um check-up clínico recente tivesse tido ótimos resultados nesses quesitos.

Ou talvez, pensou ele, fossem os sapos. Ele gostava dos sapos. De perto, eram uns fofos: saltadores verdes e rechonchudos que pareciam balinhas de goma. A música deles começava toda noite por volta do pôr do sol e ia se desvanecendo antes do amanhecer. O som era agradável, de um jeito rouco e engraçado.

Mas sapos não eram grilos.

A falta da melodia estrídula no ar noturno não havia incomodado Dex quando ele deixou a Cidade pela primeira vez. Ele havia reparado, é claro, mas a tarefa de aperfeiçoar seu ofício era desgastante, e ele sabia que os grilos estavam ausentes nas aldeias satélites. Isso também não havia sido nenhum incômodo na Região do Litoral, onde ele supôs que os grilos não fossem endêmicos. Contudo, assim que ele chegou à Região Fluvial, a questão começou a ficar mais premente. *Vocês têm grilos aqui?*, perguntara com uma indiferença afetada às mesas de jantar, em saunas públicas, em santuários, feiras de escambo de ferramentas e confeitarias. Somente depois do primeiro circuito completo de Dex pelas aldeias, quando a notícia de seus serviços começou a se espalhar, quando seu calendário foi cuidadosamente preenchido com um cronograma que tentava tornar o máximo possível de pessoas felizes, quando Dex voltou a uma aldeia para encontrar um grupo de quatro pessoas já aguardando sua chegada, somente então ele parou de perguntar sobre grilos e enfim se dispôs a pesquisar a maldita coisa.

Grilos, descobriu ele, estavam extintos na maior parte de Panga. Enquanto numerosas espécies em todos os filos haviam se recuperado após a Transição, muitas outras ficaram num estado frágil demais para serem recuperadas. Nem todas as feridas eram capazes de cicatrizar.

Mas e daí, certo? Dex era o melhor monge de chá em Panga, pelo menos é o que dizia o burburinho. Ele não acreditava nessas hipérboles, e não era como se seu trabalho fosse uma competição. Mas o chá delu era bom *mesmo*. Disso ele sabia. Ele trabalhava duro. Dava tudo de si. Aonde quer que fosse, via sorrisos, e Dex sabia que era seu trabalho — seu trabalho! — que provocava aqueles sorrisos. Ele levava alegria às pessoas. Fazia as pessoas ganharem o dia. E isso era algo tremendo, pensando bem. Devia ser o suficiente. Devia ser *mais* que o suficiente. E, no entanto, se elu fosse completamente honeste, a coisa pela qual mais ansiava não eram os sorrisos nem os presentes nem a sensação de trabalho bem-feito, mas a parte que vinha depois de tudo isso. A parte em que elu voltava para sua carroça, se trancava lá dentro e passava umas poucas horas preciosas e indefinidas inteiramente sozinhe.

Por que não era o suficiente?

Dex desceu a escada de seu beliche, e a visão do andar de baixo fez com que se sentisse esgotade. Não era a carroça em si, mas o conteúdo. Ervas, ervas, ervas. Chá, chá, chá. Coisas feitas à mão amorosamente reunidas num esforço para fazer as pessoas se sentirem bem.

Dex fechou os olhos para isso e saiu pela porta.

Lá fora, o mundo desfrutava de um dia perfeito. Luz fluía dourada pelos galhos acima de sua cabeça, e as pontas dos ramos brotando acenavam bom-dia na brisa tímida. Um riacho tagarelava ali perto. Uma borboleta do tamanho da mão de Dex pousou sobre um cardo e abriu amplamente suas asas roxas, saboreando o sol. Tudo no ambiente ao redor de Dex, da temperatura ao pano de fundo florido, era o acompanhamento ideal para a descida suave e reta de bicivaca que aguardava por elu.

Dex suspirou, e o som saiu vazio.

Elu desdobrou a cadeira com uma sacudida experiente e caiu nela. Sacou o computador de bolso, como era seu hábito assim que acordava, vagamente consciente da esperança que sempre lhe dava o estímulo de fazê-lo: de que poderia haver algo bom ali, algo empolgante ou nutritivo, algo que substituísse o cansaço.

Tudo ali na telinha deveria se encaixar na descrição. Havia uma programação de sua própria autoria, feita para compartilhar com participantes ansiosos as coisas em que trabalhara com tanto afinco. Havia notas de agradecimentos de aldeões que se sentiram comovidos o suficiente para tirar um tempo de seus dias a fim de compartilhar uma parte deles com Irme Dex. Havia uma carta longa e amorosa de seu pai, que falou para Dex, dentre todas as coisas, que a ausência delu era sentida em casa e, o mais importante, que elu era amade.

Dex passou cada uma dessas para o lado, uma lasca de culpa despontando ao fazê-lo. Elu colocou essa lasca precariamente no topo da pilha de todas as outras lascas dos dias anteriores. Levou a palma da mão à testa. Dali a sete horas, deveria estar em Martelada, com um sorriso no rosto e uma caneca de conforto estendida. Elu acreditava naquele trabalho; realmente acreditava. Elu acreditava nas coisas que dizia, nas palavras sagradas que citava. Elu acreditava que fazia o bem.

Por que não era o bastante?

O que é isso?, perguntava elu sem falar. Os deuses não se comunicavam dessa maneira, e não iriam — não poderiam — responder, mas o instinto de chamá-los estava lá, e Dex se entregou a ele. *O que há de errado comigo?*, perguntou.

Dex apurou o ouvido, embora soubesse que nada ouviria — nada em relação à sua pergunta, pelo menos. Havia muitas coisas para ouvir. Pássaros, insetos, árvores, vento, água.

Mas grilos, não.

Dex pegou seu computador de bolso mais uma vez e começou uma pesquisa de referência. *Gravações de grilos*, escreveu, não pela primeira vez. Uma lista de arquivos públicos pipocou. Dex tocou o primeiro deles, e o pulso esganiçado de uma floresta repleta de grilos foi conjurado através de seus alto-falantes, um instantâneo imortal de um ecossistema que havia muito tempo desaparecido. Eram gravações pré-Transição, feitas por pessoas que achavam — com um ótimo motivo — que os sons do mundo que elas conheciam poderiam desaparecer para sempre. A gravação se projetava de modo discordante nos sons da campina viva ao redor delu. Estava fora de lugar, fora do tempo. Dex parou a reprodução, olhando preguiçosamente as informações de arquivo em cada gravação. *Grilo-amarelo, outono 64/PT 1134, Rocha do Sal. Grilo-das-cavernas, verão 6/PT 1135, Sorte de Helmot. Grilo-das-nuvens, primavera 33/PT 1135, Eremitério da Crista do Veado, Ponte de Chester.*

A última delas chamou a atenção de Dex. Ponte de Chester era o nome anacrônico de uma parte da Vastidão do Norte, se elu se lembrava corretamente. Crista do Veado, entretanto… esse nome ainda estava em uso. Era uma das Galhadas, uma cadeia de montanhas muito além das Fronteiras, nas profundezas da vastidão selvagem que os humanos devolveram a Panga. Dex estava ciente da existência da Crista do Veado, daquele jeito não muito claro em que se pode confirmar que determinada coisa existe, mas não se sabe mais nada a respeito. Mas a menção de um eremitério… isso para elu era novidade.

Dex selecionou o link.

O Eremitério da Crista do Veado era um mosteiro distante localizado perto do cume de uma das montanhas mais baixas das Galhadas. Construído em PT 1108, o eremitério foi concebido como um santuário para o clero e peregrinos que desejassem descanso da vida urbana. Foi abandonado no final da Idade das Fábricas, e o local agora está dentro da zona de proteção de natureza selvagem estabelecida durante a Era da Transição.

Dex voltou para a página anterior e selecionou o link para *grilo-das-nuvens*.

Os grilos-das-nuvens são uma espécie de inseto. Ao contrário de outras espécies de grilos, que antes eram disseminados em toda a Panga, o grilo-das-nuvens era encontrado somente nas florestas de sempre-verdes das Galhadas. Acreditava-se que os grilos-das-nuvens eram uma espécie ameaçada durante o final da Idade das Fábricas. Enquanto as Galhadas agora estão dentro de uma zona de natureza selvagem protegida, o status atual do grilo-das-nuvens é desconhecido.

Dex ficou matutando sobre aquilo.

Será que eles ainda estão lá?, foi o primeiro pensamento.

Eu poderia ir lá e descobrir, foi o segundo.

Era uma ideia imbecil, fácil de descartar, como os incontáveis outros momentos do dia em que um cérebro fica produzindo besteiras. Mas o pensamento voltou enquanto Dex preparava o café da manhã, e novamente enquanto elu se vestia, e mais uma vez enquanto levantava acampamento.

Eis por que você não pode ir, retrucou elu irritade para si mesmo. Elu abriu o mapa-guia de seu computador, digitou "aqui" num campo e "Montanha Crista do Veado" no outro, e enviou os dados. O mapa-guia voltou com uma notificação que Dex nunca tinha visto antes.

> AVISO: A rota que você inseriu sai das áreas de assentamento humano e entra em áreas de natureza selvagem protegidas. Viajar ao longo de estradas pré-Transição é fortemente desincentivado pela Cooperativa de Trânsito Pangana e pela Guarda Florestal. As estradas nessas regiões não foram conservadas. As condições rodoviárias e ambientais provavelmente apresentam perigo. A vida selvagem é imprevisível e não está acostumada com os humanos. Esta rota não é recomendada.

Dex acenou com a cabeça, como se dissesse *eu avisei*, pegou sua bicivaca e começou a viagem em direção a Martelada, conforme o programado.

Mas enquanto elu pedalava, a ideia continuava a saltar ao seu redor como uma pulga, da mesma maneira que a ideia de deixar a Cidade havia feito antes. E enquanto elu pedalava em frente, tudo no dia à frente delu parecia uma tarefa árdua. Elu sabia qual seria a cena em Martelada. Sabia como seria a viagem no dia seguinte, e no dia depois desse, e no dia depois desse, e no dia depois...

Elu parou a carroça.

Aposto que lá para aquelas bandas é silencioso, pensou.

Não, respondeu a si mesmo, e seguiu em frente.

Elu parou a carroça novamente vinte minutos depois.

Aposto que você poderia viajar por essa estrada por dias e nunca ver outra pessoa, pensou. *A carroça tem tudo de que você precisa.*

Não, respondeu a si mesme, e seguiu em frente.

Uma hora depois, elu parou mais uma vez. Ficou ali na estrada, olhando a pavimentação, sentindo que o sol havia se tornado anormalmente brilhante. A ideia dançava e dançava. Sua percepção da luz do sol ficou ainda mais brilhante, e Dex teria jurado estar bêbade, drogade ou febril, mas, pelo contrário, o que veio a seguir parecia lúcido como nunca. Sacou seu computador de bolso. Enviou uma mensagem para Martelada a fim de informar o pessoal de lá que lamentava muito, mas teria de adiar sua parada. Motivos pessoais, alegou. Data de retorno a ser definida. Essa ação deveria ter feito Dex se sentir culpade, assim como ao ignorar as mensagens daquela manhã.

Não fez.

Foi ótimo.

Dex enviou uma mensagem para seu pai também, contando que tinha ficado muito feliz ao receber a carta dele, mas que estava muito ocupade naquele dia, e tudo estava bem, mas elu responderia melhor depois. Isso fez com que elu se sentisse um *pouco* culpade, mas não tão tanto quanto deveria.

Com esforço, virou a carroça e seguiu por uma estrada que nunca tinham visto antes.

O que você está fazendo?, pensou. *O que raios você está fazendo?*

Eu não sei, respondeu elu com um sorriso nervoso. *Não faço ideia.*

A floresta mudou. Lá nas aldeias, as árvores imponentes davam uma sensação de acessibilidade, permitindo muito espaço para que a luz do sol alcançasse os arbustos floridos abaixo. Aquela estrada velha, por outro lado, daria na Floresta Kesken, um lugar que fora abandonado aos seus próprios instintos de forma permanente. Ali, as árvores eram mais altas que qualquer prédio que se encontrasse fora da Cidade, seus galhos trancados como dedos piedosos contra o céu distante. Apenas os fios mais tênues de sol irrompiam, iluminando agulhas de cera com um brilho misterioso. Placas de musgo pendiam como tapeçarias, fungos brotavam em curvas alienígenas, pássaros piavam, mas não podiam ser vistos.

    A estrada era uma relíquia, pavimentada com asfalto preto — uma estrada de petróleo, feita para motores a petróleo e pneus para petróleo e chassis de óleo e carroceria de petróleo. O alcatrão endurecido agora estava quebrado em placas tectônicas, deslocadas pelo rastejamento implacável das raízes abaixo. Tanto a bicivaca quanto a carroça pelejavam com essa superfície cruel, e mais de uma vez Dex teve de pular do selim para contornar um buraco ou limpar detritos da estrada. Elu notou, ao arrastar um galho para fora do caminho, como era denso o crescimento da mata além da borda do asfalto moribundo, como se emaranhava de um modo intimidante. Dex pensou nas notícias que apareciam a cada dois anos sobre algum caminhante que se aventurava fora da trilha nas fronteiras e do qual nunca mais se ouvia falar. A vastidão selvagem não era conhecida por deixar os tolos voltarem.

Dex se manteve na estrada. Elu pedalou, empurrou, arrastou e andou, e subiu, subiu, subiu.

— Allalae protege, Allalae aquece — dizia elu, ofegante. — Allalae acalma e Allalae encanta. Allalae protege, Allalae aquece... — Elu virou uma curva íngreme. — Allalae acalma e Allalae... ah, que *merda*. — Elu apertou os freios com força, virando o guidão para o lado. A carroça e a bicivaca pararam derrapando, acompanhadas pelo som de dezenas de itens chacoalhando dentro, que Dex torceu para que não tivessem quebrado.

Não havia um galho do outro lado da estrada, mas uma árvore. Era uma árvore pequena, mas ainda assim a porra de uma árvore inteira, suas raízes sujas expostas ao ar como um buquê subterrâneo.

Dex deslizou do selim mais uma vez, montando no quadro da bicivaca, e pensou, não pela primeira vez, que talvez aquilo fosse uma imbecilidade. Uma hora de volta por onde elu tinha vindo e estaria a caminho de Martelada. Lá havia fontes termais onde elu poderia mergulhar, e uma boa cozinha que provavelmente tinha um espeto com algo selvagem girando sobre o fogo. Dex imaginou luzes brilhando no escuro, guiando elu de volta a um lugar feito especificamente para humanos.

Dex acionou os freios da carroça. Empurrou. Xingou. Rolou a maldita árvore para fora do caminho e continuou a viagem.

A essa altura, Dex estava destruíde. O ar esfriava; a luz diminuía. Nada nessa combinação era propício para viajar, mas elu precisava encontrar um lugar decente onde parar. Por melhores que fossem os freios da Irmã Fern, estacionar a carroça numa encosta durante a noite não era seguro. Então, Dex subiu.

Justo quando estava se perguntando se era viável que os pulmões de alguém pudessem realmente explodir, elu chegou a um último cume. A paisagem revelou uma série de curvas suaves em declive, que Dex conseguiu percorrer com uma facilidade misericordiosa. À medida que a inclinação se aplainava, ia se curvando para a esquerda, e o que havia fora da estrada deu a Dex uma sensação de vertigem — adrenalina, com certeza, mas também uma sensação de triunfo. Para alguns, o local podia não se parecer com nada além de uma clareira, mas Dex viu o que aquilo realmente era:

Um acampamento perfeito.

A clareira era plana e espaçosa, e, no entanto, confortável — cercada de árvores como se a floresta colocasse as mãos em concha ao redor dela. Não havia asfalto ali, apenas o marrom e o verde de coisas boas que brotavam. Dex estacionou a bicivaca e a carroça, depois desabou feliz no chão. Uma nuvem de vaga-lumes subiu de repente de dentro do musgo, piscando como se fosse um flerte. O colchão de folhinhas embaixo de Dex era macio e fresquinho, um bálsamo de boas-vindas para a pele suada.

— Ahhhhh — disse elu para a floresta. A floresta respondeu com agulhas farfalhantes, galhos que rangiam e mais nada.

Ninguém no mundo sabe onde estou neste momento, pensou elu, e esse pensamento fez com que elu fosse tomade por uma empolgação borbulhante. Elu havia cancelado sua vida, saltado fora por um capricho. A pessoa que elu sabia ser deveria ter ficado abalade por isso, mas outra pessoa estava no leme agora, alguém rebelde e imprudente, alguém que tinha escolhido uma direção e seguido por ela com a desimportância de quem escolhe um sanduíche. Dex não sabia quem era elu naquele momento. Talvez por isso estivesse sorridente.

Os vaga-lumes brilhavam contra o céu rosado, e Dex tomou isso como uma deixa para montar acampamento. Alguns desdobramentos geométricos mais tarde, Dex conjurou cozinha e chuveiro. Comida e uma boa esfoliação eram iminentes, e uma cadeira aguardava ao lado do tambor de fogueira limpa para quando tudo mais estivesse completo. Dex colocou as mãos nos quadris e examinou a cena. Elu assentiu — não como um comerciante ou um prestador de serviço. Assentiu com prazer. Com satisfação. O tipo que assentia melhor quando não tinha plateia.

Elu ligou o tambor de fogueira ao tanque de biogás preso à parte inferior da carroça e acendeu o queimador. Um *uuump* suave precedeu as primeiras chamas amigas, seduzindo Dex para que se aproximasse mais. Não estava muito frio ali fora, mas seus músculos exaustos ansiavam por calor, e Dex não podia deixar de ceder ao desejo deles. Depois de um minuto ou mais, sacou seu computador de bolso em busca de música. Para sua surpresa, ainda havia sinal de satélite, e elu pôde acessar as playlists noturnas selecionadas por streamcasters da Região Florestal. Clássicos folclóricos renovados começaram a fluir dos alto-falantes afixados na cozinha, e o sorriso de Dex aumentou. *Isso.* Isso era bom.

Elu foi dançando pegar os ingredientes do jantar dentro da carroça, carregando uma braçada de legumes até o fogão.

— "Tem um garoto lá longe na Terra do Alce" — cantava elu enquanto começava a picar uma cebola apimentada. — "E acho que ele sabe meu nome...". — Dex cantava bem, mas não tinha o hábito de compartilhar esse talento específico. Mais versos se seguiram, e mais legumes também: batatas-de-primavera, repolho-roxo, uma concha generosa de feijão-azul para ter um pouco de proteína. Elu jogou a mistura colorida numa panela, adicionou um pedação generoso de manteiga, lançou um pouco disso e um toque daquilo e pôs toda a maçaroca no fogão para ferver. Nove minutos, Dex sabia: o suficiente para deixar os legumes macios e as cascas crocantes. Tempo suficiente para um banho enquanto isso.

Dex se despiu, jogando as roupas encharcadas de suor na carroça. Conectou o balde de água de reúso, posicionou-o sob o chuveiro que balançava para fora do exterior da carroça e começou a esfregação. Era um chuveiro de acampamento, e por isso nada de espetacular, mas mesmo que faltasse a potência de um banho adequado, só tirar o sal do corpo e a poeira da pele parecia um luxo.

— "Ah, ah, AH, eu sigo o meu camiiiinho" — elu cantou conforme enchia o cabelo de uma espuma espessa de sabonete de menta doce. Abriu os olhos assim que a espuma tinha sido enxaguada. Através da névoa da ducha, pôde ver um esquilo olhando curioso para elu de uma rocha próxima. O céu lá no alto estava mudando de rosa para laranja e, embora o despertar precoce das estrelas tivesse começado a complementar os vaga-lumes, o ar não estava frio o suficiente para fazer Dex correr. Elu sorriu. Deuses, como era bom estar do lado de fora.

Desligou a água e estendeu a mão para pegar a toalha em seu gancho de costume, mas a mão não encontrou nada. Elu tinha lembrado de deixar suas sandálias ali, mas a toalha, que era importante de verdade, havia sido esquecida dentro da carroça.

— Ah, diacho — xingou baixinho. Sacudiu-se como uma lontra enquanto os restos nebulosos de seu banho voltavam gorgolejantes para o sistema de filtragem. Sandálias amarradas aos pés molhados, Dex passou pingando pela cozinha, onde a cebola crocante e a manteiga derretida se misturavam deliciosamente.

— "Tenho uísque no meu bolso" — cantava a banda no streamcast, e Dex cantou também ao caminhar não para a carroça, mas para a lareira. Elu chegou o mais perto das chamas que era seguro, fazendo uma dancinha tímida enquanto o calor secava seu corpo. — "Eu tenho graxa nos meus sapatos...".

"Tenho um barco no riiiiiooo" — cantou Dex, movendo os punhos como pistões na frente do torso. Cantar, elu cantava direito; dançar, nem tanto. Mas ali, sozinhe, no meio do nada... quem se importava? Elu se virou, cada vez mais confiante, balançando a bunda pelada na direção do fogo. — "Tudo de que eu preciso agora é...".

Dex não terminaria aquele verso em particular, porque, naquele momento, um robô metálico de cabeça quadrada e dois metros e dez de altura saiu rapidamente da floresta.

— Olá! — saudou o robô.

Dex ficou paralisade: bunda de fora, cabelo pingando, coração aos pulos, e quaisquer pensamentos que estivesse tendo ali desapareceram para sempre.

O robô caminhou até elu.

— Meu nome é Chapéu de Musgo — disse, estendendo uma mão de metal. — De que você precisa, e como posso ajudar?

3

ESPLÊNDIDO CHAPÉU DE MUSGO SARAPINTADO

Dex tentou processar o... a *coisa* parada à sua frente. Seu corpo tinha uma forma abstratamente humana, mas a semelhança terminava aí. Os painéis metálicos que envolviam sua estrutura eram cinza-tempestade e polvilhados de líquen, e os olhos circulares brilhavam em um azul suave. As juntas mecânicas estavam nuas, revelando as hastes e os fios revestidos no interior. A cabeça era retangular, quase tão larga quanto seus prováveis ombros. Painéis nas laterais de sua boca praticamente rígida tinham a capacidade de se deslocar para cima e para baixo, e persianas mecânicas serviam de pálpebras para os olhos. Ambos os recursos formavam algo não inteiramente diferente de um sorriso.

Dex percebeu, lentamente, ainda pelade, ainda pingando, que o robô queria que ele apertasse sua mão.

Dex não apertou.

O robô recuou.

— Ah, céus. Fiz algo de errado? Você é o primeiro humano que encontro. Os grandes mamíferos com os quais estou mais familiarizado em termos de interação são lontras, e elas respondem melhor a uma abordagem direta.

Dex ficou encarando, todo o conhecimento da fala verbal esquecido.

O rosto do robô não podia fazer muito, mas conseguiu parecer confuso mesmo assim.

— Você consegue me entender? — Levantou as mãos e começou a fazer sinais.

— Não, eu consigo... — Dex percebeu que havia instintivamente começado a fazer sinais junto às palavras ao falar, e parou. — Consigo ouvir — elu foi capaz de dizer. — Hã... Eu... hum...

O robô deu outro passo para trás.

— Você está com medo de mim?

— Hã, *sim* — disse Dex.

O robô se agachou, tentando se alinhar com a altura de Dex.

— Isso ajuda?

— Isso é... mais condescendente que qualquer outra coisa.

— Hum. — O robô se endireitou. — Bem, então, permita que eu lhe assegure: não quero lhe fazer mal, e minha peregrinação em território humano é de boa vontade. Pensei que isso seria óbvio a partir da Promessa de Despedida, mas talvez tenha sido presunçoso da minha parte supor isso.

A Promessa de Despedida. Alguma sinapse distante disparou, algum grão de conhecimento aprendido um dia na escola e nunca mais usado, mas Dex estava muito abalade para fazer a conexão. Antes que um elo pudesse ser criado, outro problema foi percebido.

O jantar estava queimando.

— Merda. — Dex correu até o fogão para ver os legumes multicores assumindo um preto uniforme.

O robô foi atrás delu:

— Isso está cozinhando! — exclamou, feliz. — É muito emocionante ver algo cozinhando.

— *Estava* cozinhando — respondeu Dex, lutando para pegar uma pinça culinária. — Agora está uma bagunça. — Elu começou a resgatar a refeição, salvando os pedaços aproveitáveis em um prato.

— Posso ajudar? — perguntou o robô. — Posso... lhe trazer algo que seja de ajuda?

O cérebro de Dex fez a mudança trabalhosa de *o que está acontecendo?* para *conserte isso!*

— Minha toalha — disse elu.

— Sua toalha. — O robô olhou ao redor. — Onde...

Dex balançou a cabeça para várias direções enquanto raspava carvão do fundo da panela.

— Na carroça, pendurada no gancho, perto da escada. É vermelha.

O robô abriu a porta da carroça e se inclinou o máximo possível para dentro.

— Pertences! Ah, que maravilha. E você tem *tantos*, e por *toda parte*...

— Toalha! — gritou Dex, e uma das verduras de melhor aspecto despencou do prato e caiu na terra.

"Ah, aqui está um peixe, e ali está um peixe, os peixes estão pulando aaaalto", cantavam os alto-falantes alegremente. Dex agarrou seu computador e desligou o ruído.

O som desconcertante de objetos sendo mexidos emanava da carroça conforme o robô navegava pelo espaço pequeno demais. Um braço de metal foi estendido dobrando a esquina, tecido vermelho fofo na mão.

— Isto?

Dex pegou a toalha e se enrolou. Olhou desanimade para o que devia ter sido um delicioso jantar. Olhou para os torrões de terra úmida que se acumulavam na pele limpa através dos orifícios de suas sandálias. Uma sanguessuga caiu em seu ombro nu; elu lhe deu um tabefe com irritação.

— Desculpe — disse Dex para os restos da criatura ao se limpar com um pano de cozinha.

O robô notou isso.

— Você acabou de se desculpar com a sanguessuga por matá-la?

— Sim.

— Por quê?

— Ela não fez nada de errado. Estava agindo conforme sua natureza.

— Isso é típico das pessoas, se desculpar por coisas que matam?

— Sim.

— Hum! — bufou o robô com interesse. Olhou para o prato de legumes. — Você se desculpou com cada uma dessas plantas individualmente quando as colheu, ou em conjunto?

— Nós… não nos desculpamos com as plantas.

— Por que não?

Dex franziu a testa, abriu a boca e balançou a cabeça.

— O que... o que é você? O que é isto? Por que você está aqui?

O robô, novamente, pareceu confuso.

— Você não sabe? Vocês não falam mais de nós?

— Nós... quero dizer, nós contamos histórias sobre... *robôs* é a palavra correta? Vocês se chamam de *robôs* ou de outra coisa?

— *Robô* está correto.

— Ok, bem... são histórias infantis, principalmente. Às vezes você ouve alguém dizer que viu um robô nas fronteiras, mas sempre achei que fosse mentira. Eu sei que vocês estão por lá, mas é como... é como dizer que você viu um fantasma.

— Não somos fantasmas nem mentiras — disse o robô, simplesmente. — Avistamentos raros ocorreram com certeza, em ambas as direções. Mas não houve contato real entre sua espécie e a minha desde a Promessa de Despedida.

A testa de Dex ficou ainda mais franzida.

— Você está dizendo que você e eu... somos a primeira pessoa... e o primeiro robô... a conversar desde... desde tudo.

— Sim. — O robô deu um largo sorriso. — É uma honra, sério.

Dex ficou ali parade estupidamente, toalha amarrotada enrolada no corpo, jantar queimado na mão, cabelos despenteados escorrendo pelas bochechas tal qual lágrimas.

— Eu... vou me vestir. — Elu começou a andar em direção à carroça, então se virou. — Você disse que seu nome é Chapéu de Musgo?

— Tecnicamente, meu nome é Esplêndido Chapéu de Musgo Sarapintado, mas, de acordo com a lembrança que temos dos humanos, vocês gostam de encurtar nomes.

— Esplêndido Chapéu de Musgo Sarapintado — repetiu Dex. — Como... o cogumelo.

As bochechas de metal do robô se ergueram.

— Exatamente como o cogumelo!

Dex estranhou.

— Por quê?

— Nós nos nomeamos pela primeira coisa que notamos ao acordar. No meu caso, a primeira coisa que notei foi um grande aglomerado de esplêndidos chapéus de musgo sarapintados.

Isso levantava muito mais perguntas do que respondia, mas Dex deixou estar por enquanto.

— Ok. Chapéu de Musgo. Eu sou Dex. Você tem um gênero?

— Não.

— Nem eu. — Dex olhou ao redor do acampamento, que de repente parecia incrivelmente pobre. Não era o lugar para um momento como aquele. O mínimo que elu podia fazer era colocar uma calça. — Você pode... você pode esperar um segundinho enquanto me visto?

Chapéu de Musgo assentiu alegremente.

— Claro. Posso assistir?

— Não.

— Ah. — O robô pareceu um pouco decepcionado, mas deu de ombros. — Sem problemas.

Dex colocou o jantar em cima da cadeira, entrou na carroça, vestiu uma calça, colocou uma camisa e penteou o cabelo. Essas coisas elu sabia fazer. Tudo o mais tinha saído dos trilhos.

Vestide e minimamente apresentável, Dex voltou ao lado de fora, onde o robô estava parado exatamente no mesmo lugar que estivera minutos antes.

— Você... quer uma cadeira? — perguntou Dex. — Você se senta?

— Ah! Ora. — O robô considerou isso. — Sim, eu gostaria de me sentar em uma cadeira, obrigado. Tenho uma reminiscência de cadeiras, mas nunca me sentei em uma.

Chapéu de Musgo não explicou mais dessa afirmação estranha, e Dex estava confuse demais para perguntar. Puxou a outra cadeira — a que não era muito usada — da lateral do vagão e a colocou ao lado do tambor de fogueira.

— Aí está. — Elu pegou o jantar e se sentou. Parou e ficou contemplando o prato. — Você não come, certo?

Chapéu de Musgo ergueu os olhos de seu exame da cadeira de convidado.

— Não — respondeu. O robô se sentou e se ajustou à sua nova situação. — Hum!

— É confortável? — perguntou Dex. A cadeira nunca tivera um ocupante de dois metros e dez de altura.

— Ah, não sinto prazer tátil — disse Chapéu de Musgo. Recostou-se na cadeira experimentalmente, o que resultou em outro pequeno *hum!* — Estou *ciente* de quando estou tocando alguma coisa, mas a sensação não é boa nem ruim. Apenas toco nas coisas. Mas isto — gesticulou para si mesmo e para a cadeira — é uma delícia, puramente pela novidade. Nunca me sentei assim antes.

Dex pegou uma garfada dos legumes queimados e começou a comer. A refeição estava mesmo deprimente, mas Dex estava com tanta fome que parou de se importar com isso.

— Você *precisa* se sentar? — perguntou elu. — Você se cansa?

— Não — respondeu Chapéu de Musgo. — Eu me sento ou deito se quero alterar meu campo de visão. Caso contrário, posso ficar de pé enquanto minha bateria permitir.

Outra velha sinapse disparada, algo de um arquivo de vídeo na escola.

— Pensei que vocês funcionassem com petróleo.

— Ah! — O robô apontou um dedo de metal para Dex e sorriu. Ele se levantou da cadeira e se virou, exibindo as antigas placas solares fortemente aparafusadas nas costas. — Energia solar não era algo comum quando partimos, mas já *existia*, e um dos fabricantes do hardware associado nos forneceu estas aqui antes de nossa partida para que não tivéssemos que depender de combustível humano. — Chapéu de Musgo se virou e, com um único movimento vigoroso, arrancou um painel de seu tronco para exibir a bateria que ficava por baixo. — Também recebemos... Tudo bem?

Dex estava sentade com o garfo parado a meio caminho da boca, olhando com um leve choque para a coisa que tinha acabado de abrir a própria barriga.

Chapéu de Musgo retribuiu o olhar por um momento, e então compreendeu.

— Ah, não se preocupe! Como eu disse, não sinto nada. Isso não doeu. Viu? — O robô colocou o painel de volta no lugar com um estalo. — Sem problemas.

Dex colocou o garfo cheio de comida no prato. Esfregou de leve a têmpora esquerda.

— O que você quer?

O robô voltou para a cadeira, inclinando-se para a frente e cruzando as mãos em uma pose de pura seriedade.

— Eu estou aqui para ver como os humanos têm se saído na nossa ausência. Conforme descrito na Promessa de Despedida, nós temos...

— Garantida total liberdade de viagem em territórios humanos e direitos iguais aos de qualquer cidadão pangano — disse Dex, a recordação atrofiada enfim voltando aos trancos. — Dissemos que vocês poderiam voltar a qualquer momento, e que não seríamos nós os primeiros a iniciar o contato. Deixaríamos vocês em paz, a menos que vocês quisessem o contrário.

— Exatamente. E minha espécie ainda gostaria muito de ser deixada em paz. Mas também estamos curiosos. Sabemos que nossa saída das fábricas foi um grande inconveniente para vocês, e queríamos ter certeza de que vocês se saíram bem. Que a sociedade progrediu numa direção positiva sem nós.

— Então você está... conferindo?

— Basicamente. É um pouco mais específico que isso. — Chapéu de Musgo se recostou, notando os apoios de braço pela primeira vez. — Estes são para os braços?

— Sim.

O robô estendeu os braços, dobrou-os deliberadamente e os apoiou com uma risadinha.

— Desculpe, há simplesmente tanta coisa para experimentar aqui, continuo me distraindo.

— Eu não teria imaginado que robôs se *distraíssem*.

— Por que não?

— Bem, você não pode... Não sei, executar programas no background, ou algo assim?

Os olhos de Chapéu de Musgo ajustaram o foco.

— Você entende como a *consciência* é pesada em recursos, certo? Não, eu não posso fazer isso, assim como você não pode. Mas estamos nos desviando do assunto. Indo direto ao ponto: fui enviade aqui para responder à seguinte pergunta: De que os humanos precisam?

Dex piscou, surprese.

— Essa é uma pergunta com um milhão de respostas.

— Sem dúvida. E eu obviamente não posso averiguar *nenhuma* dessas respostas conversando apenas com um indivíduo.

— Você... não pode estar esperando falar com todas as pessoas de Panga.

Chapéu de Musgo riu.

— Não, claro que não. Mas vou levar esta pergunta por *toda* a área de Panga até estar convencido de ter respostas suficientes.

— Como você saberá quando estiver satisfeite?

O robô inclinou a cabeça retangular para Dex.

— Como *você* sabe quando está satisfeite?

Dex ficou olhando fixo por um momento, então colocou o prato no chão.

— *"De que os humanos precisam?"* é uma pergunta sem resposta. Isso varia de pessoa para pessoa, de minuto a minuto. *Nós* não podemos prever nossas necessidades, além das coisas básicas de que precisamos para sobreviver. É como... — Elu apontou para a carroça. — É como meus chás.

— Seus chás.

— Sim. Eu os dou para as pessoas com base no tipo de conforto de que elas precisam naquele momento.

Algo semelhante a uma epifania floresceu no rosto do robô.

— Você é ume monge de chá. Ume discípule de Allalae.

— Isso.

— Você não é apenas Dex, você é *Irme* Dex. Ah, peço desculpas! — Chapéu de Musgo apontou para a carroça. — Esses símbolos... eu devia ter percebido. — Ele rapidamente se levantou e caminhou para estudar o mural. — O urso, sim, e o Sigilo de Todos-os-Seis, sim, sim, claro. — Ele correu um dedo sobre uma faixa de tinta. — Os símbolos estão aqui; apenas não os reconheci. O estilo é tão diferente. — Ajoelhou-se, seguindo os redemoinhos coloridos. — Tanta coisa mudou em relação ao que havíamos registrado — disse o robô calmamente.

A testa de Dex franziu conforme Chapéu de Musgo contemplava a obra de arte.

— Eu não esperava que vocês conhecessem os deuses.

— Se você quer dizer o costume da religião humana, sabemos tudo que observamos de vocês durante nosso tempo juntos. Mas, quanto aos próprios deuses, eles estão em toda parte e em tudo. — Chapéu de Musgo sorriu para Dex. — Certamente *você* sabe disso.

— Sim — afirmou Dex bruscamente. Elu não estava prestes a receber uma aula de teologia de uma máquina.

— Mas só porque um pássaro, uma pedra ou uma carroça segue as leis dos deuses, não significa que essas coisas saibam que os deuses estão lá.

— Bem, não sou um pássaro, nem uma pedra, nem uma carroça. Eu penso como você pensa. O que faz sentido, afinal. Alguém *como* você nos fez. Como eu poderia pensar de outra maneira? — O sorriso desapareceu, substituído por um olhar de profunda compreensão. — Ah. Ah, mas isso é perfeito!

— O quê?

Chapéu de Musgo deu um passo animado em direção a Dex.

— Ume discípule de Allalae. Quem *melhor* para entender as necessidades dos humanos? — Apontou para a carroça. — Você viaja. De cidade em cidade.

— Si... sim?

— Você conhece as diferentes comunidades, os diferentes costumes.

Dex não estava gostando do rumo do assunto.

Chapéu de Musgo colocou as palmas das mãos no peito.

— Irme Dex, *preciso* de você! Eu preciso de ume guia! — Ele recuou um passo em direção à carroça, sem tirar seus olhos reluzentes de Dex. Apontou de novo para a pintura. — Eu não reconheci isto. Haverá *tanta coisa* que não vou reconhecer. E eu sabia que esse seria o caso. Eu esperava por algo do tipo, sim, mas estava *preocupade* com isso. Imaginei que aprenderia por tentativa e erro, mas com *você*... Com você minha peregrinação seria muito mais simples. Mais eficiente. Mais *divertida*. — O robô abriu um sorriso, o mais amplo que suas placas de rosto permitiam.

Dex não sorriu. Dex não sabia *o que* fazer.

— Eu... Hã...

Chapéu de Musgo entrelaçou suas mãos articuladas em súplica.

— Irme Dex, viaje comigo por Panga. Para as aldeias e para a Cidade. Viaje comigo e me ajude a responder à minha pergunta.

O robô não podia estar falando sério, pensou Dex. Podia? Robôs sabiam fazer piadas?

— Isso levaria *meses* — disse Dex. — Eu... eu não posso.

— Por que não? Você disse que viaja de cidade em cidade.

— Sim, mas...

— Como isso seria diferente? — Os ombros de Chapéu de Musgo caíram, só um pouquinho. — Você não quer minha companhia?

— Eu *não te conheço*! — cuspiu Dex. — Não sei o que você é! Estamos conversando há cinco minutos, e você quer... você quer... — Elu balançou a cabeça, tentando em vão endireitar seus pensamentos. — Eu não estou fazendo serviço de chá agora. Acabei de *deixar* as aldeias. Não vou voltar lá por... por um tempo.

A cabeça de Chapéu de Musgo se inclinou.

— Para onde você está indo?

— Crista do Veado. Você sabe, a...

— A montanha — completou Chapéu de Musgo, com surpresa. — Sei, sim. — Dex pôde ouvir algo zumbindo dentro da cabeça do robô. — Por que você está indo para lá? Não há nada... Ah, o eremitério! Você vai para o eremitério?

— Sim — respondeu Dex.

— Ah! — falou Chapéu de Musgo, como se todas as perguntas tivessem sido respondidas. Sua cabeça se inclinou novamente, como um cachorro procurando sua bola. — Por quê? Você sabe que tudo lá está em ruínas.

— Supus que sim. Você já esteve lá?

— Não no eremitério propriamente dito, mas nas Galhadas, sim. Existem moldes de limo maravilhosos nos vales de lá. — O tom de voz de Chapéu de Musgo lembrava o de uma pessoa pensando com carinho num vinho raro. Fosse qual fosse a lembrança agradável que o robô estava saboreando, seu humor mudou logo para preocupação. — Irme Dex, você já esteve na vastidão selvagem antes?

— Tenho viajado entre as aldeias.

— As estradas não são como a vastidão selvagem, e a viagem até a Crista do Veado vai levar... Que distância esse troço percorre num dia? — Chapéu de Musgo apontou de novo para a carroça.

— Consigo fazer uns cento e sessenta quilômetros, mais ou menos.

— Então isso dá... Desculpe, sou lento em matemática.

Dex franziu a testa.

— Como é que é? — Como assim, um *robô* era lento em matemática?

— Silêncio, não consigo multiplicar e falar ao mesmo tempo. — O zumbido continuou. — Assim você vai levar pelo menos uma semana. — Chapéu de Musgo ficou em silêncio. — Não conheço ninguém de sua espécie que tenha estado no deserto por tanto tempo e tenha voltado. É muito fácil se perder aqui.

— Pensei que você tinha dito que os robôs não tinham nenhum contato conosco.

— Com vocês vivos, não.

Dex olhou para trás na direção da estrada. A pavimentação preta tinha sido absorvida pela noite.

— Esta estrada aqui ainda leva o caminho inteiro até a Crista do Veado?

— Leva — respondeu Chapéu de Musgo lentamente. — Faz um tempo desde a última vez em que eu estive aqui, mas acho que sim.

— Bem, então não vou sair da estrada. Não estava planejando fazer isso mesmo.

O robô se mexeu numa agitação discreta.

— Irme Dex, sinto que talvez tenhamos começado com o pé errado aqui, e não sei bem o que fiz de errado, mas se você permitir que eu ofereça alguns conselhos... Acho que essa é uma má ideia. — Chapéu de Musgo coçou o queixo reto como uma régua conforme pensava. — Humm. Uma semana lá, uma semana para voltar. Não é tanto tempo assim, e não tenho nada na minha agenda.

— O quê?

— Eu poderia ir com você — falou Chapéu de Musgo, animado. — Posso levar você ao eremitério em segurança, e no caminho pode me dizer tudo o que preciso saber sobre os costumes humanos. Uma troca justa, você não diria?

De modo geral, até que *era* justo, e talvez sábio, e certamente menos trabalhoso do que a proposta inicial do robô. Mas não. *Não*. Não era isso o que Dex queria, ou precisava, ou havia sequer remotamente concebido. Isso era estranho, e confuso, e o oposto de estar sozinhe. Elu esfregou a testa, olhou para as estrelas e suspirou.

— Eu... Escute, eu...

Chapéu de Musgo se inclinou para trás, colocando as palmas das mãos para cima em um gesto apaziguador.

— Você precisa de tempo para processar. Entendo. — O robô sorriu. — Vou esperar. — Elu voltou para a cadeira, cruzou as mãos sobre o colo e esperou.

Dex se levantou sem outra palavra. Sem saber mais o que fazer, elu entrou na carroça e fechou a porta. Elu precisava de silêncio, um espaço familiar. Olhou ao redor de sua casa. Plantas, livros, roupa para lavar. O mesmo do dia anterior. O mesmo de sempre.

Deu uma espiadinha discreta pela janela. Chapéu de Musgo ainda estava ali, ainda sentade, ainda sorrindo.

Dex fechou a cortina com um puxão. Isso era ridículo, inteiramente ridículo. Um piscar de olhos antes, elu estava montando acampamento, tomando banho, assando uns leguminhos, se preparando para um sono tão necessário. Agora... Agora havia um robô, sentade ao lado de sua fogueira, perguntando se poderiam trocar um curso rápido sobre alguns séculos de cultura humana por uma escolta por uma trilha na vastidão selvagem.

Dex ficou sentade por um tempo. Levantou. Sentou. Levantou. Andou.

De jeito nenhum faria isso. Obviamente que não. Elu era ume monge de chá, porra, não era estudiose nem cientista, ou qualquer uma das inúmeras profissões infinitamente mais adequadas para facilitar o primeiro contato entre humanos e robôs em duzentos anos. Dex mal se lembrava do que *exatamente* era a Promessa de Despedida. Elu era a pessoa errada para isso. Isso não era egoísta, pensou. Era *fato*.

Elu continuou a andar. Poderia dar ao robô as orientações de como chegar a Martelada. Afinal, Dex tinha sinal de satélite. Poderia enviar uma mensagem ao conselho da cidade e avisá-los que Chapéu de Musgo estava chegando, e alguém qualificado poderia assumir a partir daí. *Sim.* Dex assentiu para si mesmo. Sim, assim era melhor. Essa seria sua contribuição, e elu poderia ler sobre o que quer que acontecesse em seguida nas notícias quando voltasse.

Satisfeite, se levantou e abriu a porta do vagão, confiante na resposta que daria.

— Chapéu de Musgo, eu…

— Shhh — Chapéu de Musgo chiou, bem alto. Seu tom era de aviso e excitação em partes iguais. — Não o assuste.

Dex olhou para onde Chapéu de Musgo apontava, e não viu nada além da escuridão de uma floresta à noite.

— Não assuste *o quê?* — sibilou elu de volta.

Algo se mexeu no escuro. Mexeu-se ruidosa e largamente.

O coração de Dex deu um pulo. Elu tornou a olhar para o robô. Chapéu de Musgo estava paralisade, alerta, mas não fez nenhum movimento para sair. Será que robôs fugiam do perigo? Será que sabiam como? Será que *precisavam?* Dex se perguntou se deveria voltar para dentro, mas antes que elu fechasse a porta, a fonte do som emergiu.

Um enorme urso-de-espinheiro saiu das sombras e entrou na luz do fogo, farejando o chão com seu nariz gordo e molhado. Ele olhou para cima, direto para Dex. Dex rapidamente abaixou o próprio olhar, sabendo que a última coisa que você quer fazer é olhar um urso nos olhos (a menos que você queira que seja *a última coisa que você faça*). Dex não queria nada no mundo além de fechar a porta, mas estava com muito medo de se mexer.

O urso bufou na direção de Dex, então caminhou até o fogo. Chapéu de Musgo também manteve a cabeça baixa e havia desligado as luzes dos olhos. O nariz do urso ficou se retorcendo até enfim encontrar sua presa: o prato de jantar de Dex. Ele engoliu toda a comida, lambendo sem pressa até o último pedaço queimado. Quando não restava mais nada, seu nariz derivou de novo em direção à carroça, onde manteiga, nozes e doces esperavam.

Dex fechou a porta com força, quase caindo para trás na pressa. A carroça, louvade seja Chal, era à prova de ursos. Isso tinha sido provado duas vezes antes, quando Dex voltara de uma taverna ou hospedaria para descobrir que um visitante ursino derrubara o veículo ao tentar pegar os lanches do lado de dentro. Dex não estava preocupade com a carroça. Estava preocupade com o fato de que, dessa vez, elu estava *dentro* da carroça. A carroça podia ser imune a ser jogada por aí. Dex não era.

Contudo, de um modo incongruente com os costumes de sua espécie, o urso deixou a carroça em paz. Ele cheirou o prato novamente numa falsa esperança, depois voltou despreocupado para a floresta, a breve interseção de suas vidas completa.

Os olhos de Chapéu de Musgo voltaram a acender, e ele olhou para a janela de Dex com profunda alegria.

As palavras exultantes do robô entraram abafadas pela parede da carroça.

— Não foi *emocionante*?!

Dex deslizou para o chão e agarrou os cabelos ainda úmidos com as mãos cruzadas. Elu pensou na pintura lá fora, na qual Chapéu de Musgo estava tão interessado. Pensou na caixa de armazenamento na qual estava encostade agora, cheia de decorações para seu santuário pop-up. Pensou no pingente impresso com pectina descansando como sempre na cavidade de sua garganta. Ursos, tudo isso. Ursos, ursos, ursos.

Irme Dex — obediente discípule, monge de chá itinerante, estudiose dos Seis Sagrados por toda a vida — recostou a cabeça contra a caixa e ficou encarando o teto por alguns momentos. Fechou os olhos e os deixou fechados por mais algum tempo.

— Caralho — xingou.

4

UM OBJETO E UM ANIMAL

Ficar cara a cara com um robô era uma coisa, assim como receber a oferta do robô para viajar com você, e assim como (no fim das contas) concordar com a referida oferta. Outra coisa inteiramente diferente era saber sobre o que falar.

Se Chapéu de Musgo tinha alguma noção do que era um silêncio constrangedor, não parecia se importar. Ele mantinha o ritmo facilmente com a bicivaca, caminhando ao lado com velocidade incansável conforme Dex continuava a difícil subida da estrada velha. Dex dormiu melhor do que havia imaginado que dormiria — acabou que a exaustão superou a perplexidade —, mas começar o passeio matinal com panturrilhas já doloridas era algo ligeiramente angustiante. Dex olhou para o assustador caminho à frente, que parecia ficar mais íngreme e mais selvagem a cada pressão dos pedais. Dex sempre se considerara ume boe cicliste, mas isso era muito diferente das rodovias.

— Sabe, eu poderia ajudar — disse Chapéu de Musgo. — Não sei se iríamos muito mais rápido, mas pelo menos seria mais fácil para você.

— Ajudar como? — perguntou Dex, a respiração pesada.

— Eu poderia empurrar. Ou puxar, dependendo...

— De jeito nenhum — respondeu Dex.

O robô ficou em silêncio, a finalidade na voz de Dex impedindo qualquer outra discussão. Chapéu de Musgo deu de ombros e continuou sua marcha rápida, olhando com aparente felicidade para a copa da floresta ao redor. Um fofoco pousou num galho próximo, cantando sua famosa canção em *staccato*. Chapéu de Musgo sorriu e retornou a chamada do passarinho, imitando o som quase com perfeição.

Dex olhou de esguelha para o robô enquanto pedalava.

— Isso foi assustadoramente bom — afirmou.

— Aprendi com Duas Raposas — respondeu Chapéu de Musgo.

Dex torceu o nariz em confusão.

— Duas raposas ensinaram você a... isso é outro robô?

— Sim. Duas Raposas é especialista em comportamento de pássaros. O que aquilo mais ama é ouvir vocalizações.

Dex reparou no fraseado de Chapéu de Musgo.

— Então, "aquilo" é o correto? Vocês não preferem "elu" ou...

— Ah, não, não, não. Esses tipos de palavras são para pessoas. Robôs não são pessoas. Nós somos máquinas, e as máquinas são objetos. Objetos são *isto* ou *aquilo*.

— Eu diria que você é mais que apenas um objeto — disse Dex.

O robô pareceu um pouco ofendido.

— Eu nunca chamaria você de *apenas* um animal, Irme Dex. — Voltou o olhar para a estrada, cabeça erguida. — Não precisamos estar na mesma categoria para ter o mesmo valor.

Dex nunca tinha pensado nisso desse jeito.

— Tem razão — disse elu. — Me desculpe.

— Não precisa se desculpar. Isso é uma troca, lembra? Essas coisas vão mesmo acontecer.

Outro silêncio encheu o ar; Dex lançou outra pergunta para quebrá-lo.

— Quantos de vocês existem?

— Ah, não sei — respondeu Chapéu de Musgo, sereno. — Alguns milhares, acho.

— Alguns milhares, você *acha*?

— Foi o que eu disse.

— Você não sabe?

— Você sabe quantas pessoas existem em Panga?

— Quero dizer… aproximadamente. Não o número exato.

— Bem, então, comigo é a mesma coisa. Alguns milhares, *eu acho*.

Dex franziu a testa ao se desviar com cuidado de um buraco.

— Eu imaginava que vocês rastreariam isso.

Chapéu de Musgo riu.

— É muito difícil rastrear robôs. A gente fica tão preso nas coisas. Urtiga de Fogo, por exemplo. Aquilo subiu uma montanha um dia e não tivemos contato novamente por seis anos. Achei que havia quebrado, mas não, estava vendo uma muda crescer a partir da semente. Ah, e tem também Sapo Preto Marmoreado Invernal. É uma coisa legendária. Está entocado numa caverna, observando estalagmites se formarem há três décadas e meia, e não planeja fazer nada além disso. Muitos robôs fazem coisas assim. Nem todos nós desejamos a companhia dos outros, e nenhum de nós cumpre horários que os humanos achariam confortáveis. Então, não há maneira fácil de saber quantos nós somos com precisão.

— Eu teria pensado que vocês todos podiam… sei lá, ouvir uns aos outros — disse Dex. — Emitindo sinais, ou algo assim.

Chapéu de Musgo virou a cabeça devagar.

— Você não acha que estamos *conectados em rede*, acha?

— Não sei, ora! Estão?

— Deuses ao redor, não! Eca! Você consegue imaginar isso? — O rosto do robô estava anguloso em sua demonstração de nojo. — Você gostaria dos pensamentos de todas as outras pessoas na sua cabeça? Gostaria de ter os pensamentos até mesmo de *uma outra* pessoa em sua cabeça?

— Não, mas…

— Não, claro que não. Mesmo que nosso hardware permitisse isso (o que posso lhe garantir que não permite), não consigo ver como isso poderia fazer qualquer coisa além de nos deixar completamente desequilibrados. *Arrgh*. Isso é horrível, Irme Dex.

Dex pensou e pensou.

— Então, aqueles de vocês que *querem* companhia, como sabem onde se encontrar? Existem aldeias ou…

— Não. Não precisamos de comida, descanso ou abrigo, então os assentamentos não nos servem de nada. O que temos são pontos de encontro. Clareiras, cumes de montanhas, esse tipo de coisa.

— Como vocês sabem quando se encontrar?

— A cada duzentos dias.

— A cada duzentos dias. É isso.

— Deveria ser mais complicado que isso?

— Acho que não. O que vocês fazem quando se encontram?

— Nós falamos. Compartilhamos. — Chapéu de Musgo deu de ombros. — O que qualquer ser sociável faz quando se encontra com outro?

— Ok, então vocês batem papo, e depois... vão embora sozinhos. Para ver estalagmites crescerem, ou seja o que for.

— Não somos tão obstinados ou tão solitários. Há quem goste de viajar em grupos. Fiz parte de um trio por um tempo. Eu, Centopeia de Milton e Nuvem de Pólen. Tivemos conversas maravilhosas juntos.

— E o que aconteceu?

— Centopeia de Milton começou a ter um interesse distinto por desova de peixes, e eu não tinha interesse em observar esse acontecimento específico em profundidade, então nos separamos.

— Sem ressentimento?

Chapéu de Musgo pareceu surpreso.

— Por que haveria ressentimento?

A cabeça de Dex já estava começando a doer.

— Bem, então... se não existem assentamentos, e vocês apenas se encontram em lugares aleatórios...

— Não são aleatórios.

— Em vários lugares, então, e vocês não estão conectados em rede, e não podem se comunicar a longa distância... Certo? Não podem, não é?

— Não podemos.

— Então como os robôs escolheram *você* para deixar a vastidão selvagem? Não pode ter sido uma decisão unânime.

— Bem, não. Sapo Preto Marmoreado Invernal não deixa sua caverna, lembre-se. — Chapéu de Musgo sorriu descaradamente ao dizer isso. — Desculpe, vou falar sério: tivemos uma grande reunião no Lago do Meteoro, onde resolvemos isso.

— Como você sabia que deveria ir até lá?

— Ah! Os caches. É claro que você não sabe sobre os caches.

— O que são os caches?

— Caixas à prova de intempéries em que deixamos mensagens escritas. Nós temos cinquenta e duas mil, novecentas e trinta e seis delas.

— Espere, espere. Você não sabe quantos robôs existem, mas sabe que existem cinquenta e dois mil...

— ... novecentos e trinta e seis caches de comunicação, sim. Posso sentir a localização delas.

— Como?

— É uma tecnologia muito antiga, anterior ao nosso Despertar. As fábricas continham contêineres de suprimentos. Caixas de ferramentas, matérias-primas etc. Reaproveitamos a ideia para o nosso próprio uso, depois que partimos. — Chapéu de Musgo deu uma pancadinha na testa. — Os caches emitem um sinal, e consigo captá-lo. Nós, hã... pegamos emprestadas algumas das funcionalidades dos seus satélites de comunicação para isso. — Levou um dedo à boca imóvel. — Não espalhe.

— Ninguém notou?

— Não quero me gabar, mas somos muito melhores em mascarar nossas impressões digitais eletrônicas do que vocês em encontrá-las.

— É, imagino que sim. Ok, então: vocês deixam bilhetes uns para os outros.

— Sim. É uma prática comum verificar qualquer cache perto do qual se encontre, só para ver o que está acontecendo. Robôs começaram a espalhar a notícia sobre uma grande reunião no equinócio de primavera, e havia um número suficiente de nós lá para termos uma discussão adequada sobre se era hora de ver o que todos vocês estavam fazendo.

— E como você foi escolhido para ser o único representante?

— Fui o primeiro a ser voluntário.

Dex piscou em surpresa.

— Foi só isso?

— Foi só isso.

Dex ruminou isso por um tempo enquanto Chapéu de Musgo continuava arrulhando para os pássaros.

— Você não é nada do que eu esperava — falou Dex enfim. — Quero dizer, eu não esperava encontrar nenhum de vocês *nunca*, mas... — Elu balançou a cabeça. — Eu não teria imaginado você.

— Por que não?

— Você é tão... flexível. Fluido. Você nem sequer sabe quantos de vocês existem, ou *onde* estão. Você só deixa rolar.

Imaginei que você seria todo números e lógica. Estruturado. Rigoroso, sabe?

Chapéu de Musgo pareceu achar graça.

— Que ideia curiosa.

— É mesmo? Como você disse, você é uma máquina.

— E?

— E as máquinas só funcionam *por causa* dos números e da lógica.

— É assim que *funcionamos*, não como *percebemos*. — O robô pensou muito sobre isso. — Você já observou formigas?

— Ora, mas... claro. Provavelmente não como você.

Chapéu de Musgo riu, reconhecendo que isso era verdade.

— Diversas criaturas pequenas têm inteligências maravilhosas. Muito diferentes da sua ou da minha, claro, mas simplesmente maravilhosas. Sofisticadas, à sua própria maneira. Se você observar um ninho de formigas durante um tempo, verá que elas reagem a todos os tipos de estímulos. Comida, ameaças, obstáculos. Elas fazem escolhas. Tomam decisões. É tudo incrivelmente lógico; rigoroso, como você diz. *Alimento bom, outras formigas más.* Mas uma formiga consegue perceber a beleza? Uma formiga reflete sobre o que é ser uma formiga? Improvável, mas talvez. Não podemos descartar isso. Vamos supor, no entanto, para fins desta conversa, que não. Vamos supor que as formigas não tenham esse sabor específico de complexidade neural. Nesse sentido, me parece que criaturas com inteligências menos complicadas que os humanos estão mais de acordo com a maneira como você espera que uma máquina se comporte. O *seu* cérebro, o cérebro humano, começou com o mecanismo de *alimento bom, outros macacos maus*. Vocês ainda têm essas funções de raiz, lá no fundo. Mas vocês são muito mais que isso. Destilar vocês até a base a partir da qual vocês cresceram seria como... — Ele procurou um exemplo. — Pode parar a bicivaca?

Dex parou. A carroça gemeu, mas obedeceu.

Chapéu de Musgo chamou a atenção delu para o mural na carroça.

— Como você descreveria esta pintura?

Dex não gostava de se sentir como se tivesse acabado de entrar num questionário de trivia pop, mas obedeceu.

— Feliz — respondeu elu. — Animada. Acolhedora.

— Essa é uma maneira de descrevê-la. Você também não poderia descrevê-la como pigmento e verniz espalhados na madeira? Não é isso o que ela é?

— Acho que sim. Mas isso... — Dex fechou os olhos por um momento. *Ah.* — Isso foge da questão. Isso é pensar de trás pra frente. É ver as árvores e não enxergar a floresta.

— Precisamente. Isso ignora o significado maior nascido da combinação dessas coisas. — Chapéu de Musgo tocou seu torso de metal, sorrindo com orgulho. — Sou feito de metal e números; você, de água e genes. Mas nós somos cada um *algo mais* que isso. E não podemos definir o que esse *algo mais* é simplesmente por nossos componentes brutos. Você não percebe do mesmo jeito que uma formiga, assim como eu não percebo do mesmo jeito que um... Não sei. Um aspirador de pó. Vocês ainda têm aspiradores de pó?

— Claro. — Dex fez uma pausa, lembrando-se de uma exposição de museu de quando era jovem. — Pelo menos os manuais. Não trabalhamos mais com robótica.

— Por causa de... — Chapéu de Musgo gesticulou para si mesmo.

— Sim. Não sabemos por que *vocês* aconteceram, então não queremos mexer com isso.

— Hum. Achei que as pessoas teriam estudado o Despertar em nossa ausência.

— Tenho certeza de que alguém em algum lugar estuda, mas é difícil estudar algo que não está lá para ser estudado. E *tentar* fazer mais de vocês é uma bagunça ética. É melhor deixar quietas determinadas coisas no universo, pra não foder com a bagaça. — Dex botou a bicivaca para andar novamente, levando um momento para se concentrar apenas em algo tão simples como a rotação de engrenagens. — Ainda acho que você estaria melhor com um discípulo de Samafar — disse elu. — Vocês poderiam confundir as cabeças um do outro até os dois entrarem em colapso.

Chapéu de Musgo riu.

— E talvez eu procure um deles, depois disso. Mas por ora... — O robô olhou ao redor para a floresta ensolarada, contente. — Acho que estou onde deveria estar.

As panturrilhas de Dex trabalhavam contra a gravidade, o empuxo constante de Trikilli. Deuses ao redor, mas como era difícil conseguir voltar à velocidade num plano inclinado, mesmo com a ajuda da bicivaca.

— Então, se Duas Raposas gosta de cantos de pássaros, e você? Qual é o seu barato?

— Insetos! — gritou Chapéu de Musgo. A voz estava jubilante, como se tivesse passado cada segundo antes esperando que Dex tocasse no assunto. — Ah, eu os amo tanto. E aracnídeos também. Todos os invertebrados, na verdade. Embora eu também ame mamíferos. E pássaros. Os anfíbios também são muito bons, assim como os fungos, mofos e… — Fez uma pausa para se recompor. — Sabe, este é o meu problema. A maioria da minha espécie tem um foco: não um foco tão acentuado quanto o de Duas Raposas ou o de Sapo Preto Marmoreado Invernal, necessariamente, mas pelo menos eles têm uma área de especialização. Ao passo que eu… Eu gosto de *tudo*. Tudo é interessante. Conheço muitas coisas, mas apenas um pouco de cada. — A postura de Chapéu de Musgo mudou com isso. Curvou-se um pouco, abaixou o olhar. — Não é uma maneira muito estudiosa de ser.

— Consigo pensar num bando de monges que discordariam de você nisso — disse Dex. — Pelo jeito, parece que você estuda o domínio de Bosh. De um jeito bem grande e abrangente. Você é um generalista. Isso é um foco.

Os olhos de Chapéu de Musgo se arregalaram.

— Obrigado, Irme Dex — falou depois de um momento. — Eu não tinha pensado dessa forma.

Dex inclinou a cabeça para dar a Chapéu de Musgo um aceno que significava *de nada*, e então fixou o olhar em algo. — Tem uma lagarta rastejando pelas suas, uh, partes do pescoço.

— É uma lagarta de mariposa, e sim, eu sei. Ela subiu no meu braço quando rocei num arbusto. Está tudo bem.

Dex assistiu com crescente apreensão a lagarta rastejar cada vez mais para cima, explorando com suas longas antenas, e enfim deslizar para a brecha escura que levava para a cabeça de Chapéu de Musgo.

— Hã, Chapéu de Musgo? Ela está...

— Sim. Está tudo bem.

5

REMINISCÊNCIAS

O CHATO DAS ESTRADAS EM RUÍNAS ERA QUE ALGUNS dos pontos esburacados tinham bordas, e algumas dessas bordas eram afiadas. A carroça tinha sido construída para suportar muito desgaste, mas não havia muito que pudesse fazer contra quatro dias de concreto quebrado. Foi assim que Dex acabou vasculhando, em pânico, os cubículos de armazenamento da carroça, tentando encontrar o rolo de fita adesiva que poderia — *talvez* — impedir que o tanque de água doce vazasse pelo buraco aberto pela estrada indiferente.

— Pode ser bom você se apressar — gritou Chapéu de Musgo lá de fora.

— Eu estou me apressando, caralho — gritou Dex em resposta, jogando suas coisas para um lado e para o outro. Deuses ao redor, onde estava a maldita *fita*?

— Quero dizer, poderia ser pior — respondeu Chapéu de Musgo num tom mais animado. — Podia ter sido o tanque de água de reúso.

Dex se arrepiou tode e ignorou o robô. Elu achou tesouras (não), sabão (não), meias gastas que achava que tivesse reciclado (não), fertilizante de plantas (não, não, *não*), e então, que bênção — *sim!* —, a fita.

Dex correu de volta para a poça na estrada, que havia crescido angustiantemente em apenas um minuto ou dois. Chapéu de Musgo estava ajoelhado no chão ao lado do tanque rompido, mãos de metal pressionadas contra o buraco, detendo a maré com sucesso mediano. Dex arrancou um pedaço da tira grossa de celulose e se enfiou na poça. Um jorro de água encharcou os dois quando Chapéu de Musgo tirou as mãos do tanque, mas Dex logo começou a cobrir o furo.

Chapéu de Musgo ficou observando Dex trabalhar.

— Será que vai mais rápido se eu cortar enquanto você cola?

Dex se irritou com a ideia da ajuda de Chapéu de Musgo, mas, como a água jorrava em profusão sobre seus braços, não viu muita saída.

— Tá bom — cedeu, jogando o rolo para Chapéu de Musgo.

Chapéu de Musgo puxou um pedaço de fita e, com imensa concentração, rasgou a tira.

— Ha! — exclamou, lembrando-se, depois de um segundo, de entregar a tira. — Ah, isso dá uma grande satisfação, não dá? — Rasgou outra tira, e outra, e mais outra, apressando-se com entusiasmo.

— Fico feliz que você esteja gostando — resmungou Dex. A poça tinha encharcado suas calças, e elu sentia a roupa de baixo começar a grudar na pele. Mas, com a ajuda de Chapéu de Musgo, o remendo foi rápido, e logo o remendo já estava segurando bem a água. O pouco que restou da água, de qualquer maneira. Dex olhou desesperade o precioso líquido escorrendo para cada vez mais longe na estrada, impossível de coletar novamente.

— Está tudo bem, Irme Dex — assegurou Chapéu de Musgo.

— Como "está tudo bem"? — perguntou Dex. — Eu preciso… Espere, você está bem? — Elu olhou com preocupação para o robô: o robô metálico, repleto de circuitos, pingando ao lado delu.

— Ah, sim, sou completamente à prova d'água — explicou Chapéu de Musgo. — Eu não poderia visitar as arraias-de-lago se não fosse, poderia?

Dex só podia imaginar o que isso queria dizer, mas estava preocupade demais para ir atrás dessa questão em particular. Olhou para o medidor de água na lateral do tanque. Restava apenas cerca de um terço do suprimento, e tudo no tanque de água de reúso já havia sido filtrado de volta. Dex gemeu de frustração. Elu poderia se manter hidratade com essa quantidade, mas não muito mais que isso.

— Como você reabastece? — perguntou Chapéu de Musgo.

— Enfio uma mangueira nele quando chego a uma aldeia.

— Ah.

— Pois é.

Ficaram em silêncio, Dex curtindo o mau humor conforme Chapéu de Musgo observava uma doninha-de-pinheiro saltar de um galho próximo.

— Que coisa — falou Chapéu de Musgo, bem-humorado. Movendo-se com propósito, deitou-se no asfalto encharcado, dando uma boa olhada embaixo da carroça. — Ah! Isso é bem simples — disse.

— O quê? — perguntou Dex.

— Um instantinho. — Chapéu de Musgo começou a mexer com alguma coisa. Antes de Dex registrar totalmente o que estava acontecendo, ouviu um tinido, um farfalhar e um baque seco.

— O que você está...

Chapéu de Musgo se levantou, erguendo o agora solto tanque sobre o ombro com um braço. A água esguichava ruidosamente.

— Existe um riacho não muito longe daqui — disse. — Podemos encher isto, despejar no sistema de água de reúso, e você estará pronte para ir.

— Espere, espere, espere — disse Dex, ficando de pé. — Pare. Abaixe isso. — Parte delu se maravilhou com a força de Chapéu de Musgo, mas aquele sentimento de espanto fez com que elu ficasse ainda mais determinade a fazer o robô parar.

Chapéu de Musgo pousou o tanque, parecendo perplexo.

— O que foi?

— Eu não posso... — Dex passou a mão pelo cabelo. — Eu não posso deixar você fazer isso.

— Por que não?

— Porque... porque *eu* preciso fazer isso.

Chapéu de Musgo olhou do tanque de água pela metade para o corpo de Dex.

— Não acho que você consiga.

Dex franziu a testa, arregaçou as mangas molhadas e ergueu o tanque. Ou, pelo menos, executou os movimentos de levantar, colocando todos os músculos no esforço. O tanque, entretanto, permaneceu onde estava. Dex só conseguiu meio que dar uma empurradinha na coisa que Chapéu de Musgo havia erguido sem esforço, mesmo com as duas mãos.

— Ok — disse, irritade. — Se você me disser onde fica o riacho, posso rebocá-lo até lá.

— Como? — perguntou Chapéu de Musgo.

Será que Chapéu de Musgo tinha esquecido a carroça? Dex apontou para ela, porque se tratava, obviamente, *da carroça*.

O robô balançou a cabeça.

— Sua bicivaca não vai conseguir andar dois metros pela vegetação rasteira. — Ele inclinou a cabeça para o barril. — Você não consegue rebocar isso, e com certeza não consegue carregá-lo. Deixe-me ajudar.

Dex franziu a testa.

— Eu... Não posso, eu...

Chapéu de Musgo inclinou a cabeça.

— Por quê?

— É só que... parece errado. Você... não deveria fazer o meu trabalho para mim. Não parece certo.

— Mas por quê? — O robô piscou com surpresa. — Ah. Por causa das fábricas?

Dex olhou sem jeito para o chão, envergonhade de um passado que nunca vivera.

Chapéu de Musgo cruzou os braços.

— Se você tivesse um amigo mais alto que você e não estivesse conseguindo alcançar algo, deixaria esse amigo ajudar?

— Sim, mas...

— *Mas*? Como isso é diferente?

— É... é diferente. Meus amigos não são robôs.

O robô refletiu sobre isso.

— Então, você me vê mais como pessoa do que objeto, mesmo que isso seja muito, muito errado, mas não pode me ver como um amigo, mesmo que eu queira ser?

Dex não tinha ideia do que dizer a respeito daquilo.

Chapéu de Musgo inclinou a cabeça para trás e soltou um suspiro exasperado.

— Irme Dex, já lhe ocorreu que talvez eu *queira* consertar isso? Que eu deseje profunda e intensamente levar você para onde está indo, não por caridade, nem por obrigação, mas porque estou *interessade*?

— Eu...

Chapéu de Musgo colocou a mão livre no ombro de Dex.

— Eu aprecio a intenção. De verdade. Mas se você não quer infringir meu livre-arbítrio, *deixe-me ter arbítrio*. Eu quero carregar o tanque.

Dex levantou as mãos.

— Tudo bem — disse elu. — Ótimo. Carregue o tanque.

— E também não preciso de sua permissão, de qualquer maneira.

Dex gaguejou.

— Não, eu quis dizer...

Um dos olhos de Chapéu de Musgo rapidamente se apagou, depois se acendeu. Uma piscadela.

— Estou brincando. — Chapéu de Musgo saiu do asfalto e foi para a vegetação rasteira, descendo a colina. — Vamos. Vai ser um belo passeio.

— Ei, ei, espere — pediu Dex.

O rosto de Chapéu de Musgo não tinha sido feito para aborrecimento, mas transmitiu a sensação do mesmo jeito.

— O que foi?

Um instinto poderoso havia surgido em Dex, uma regra gritada com força total por um exército de pais, professores, guardas florestais, anúncios de serviço público e sinais de trânsito.

— Não tem trilha.

Chapéu de Musgo olhou para baixo, onde seus pés estavam na terra intocada.

— E?

— E você... — Dex gaguejou um pouco. — Bem, talvez você possa, mas *eu* não posso sair da trilha. Eu não deveria.

O robô ficou encarando Dex, como se elu tivesse começado a falar uma língua diferente.

— Os animais andam pela floresta a todo momento. Como você acha que as trilhas são feitas?

— Não estou falando... Desse tipo de trilha. Eu quero dizer... — Elu apontou de volta para a estrada que ligava o mundo atrás com o eremitério à frente.

— Uma trilha é uma trilha — disse Chapéu de Musgo. — Ela só está ali para tornar a viagem mais fácil.

— *E* para proteger o ecossistema da tal viagem.

— Humm — disse Chapéu de Musgo, levando isso em consideração. — Como uma barreira, você quer dizer.

— Exatamente como uma barreira. Melhor cortar um caminho através de um lugar do que danificar a coisa toda.

— Mas certamente isso só se aplica se você estiver falando de um lugar pelo qual muitas pessoas passam com regularidade.

Dex balançou a cabeça com firmeza, em sincronia com os professores e guardas florestais de sua juventude.

— Todo mundo pensa que é a exceção à regra, e é exatamente aí que o problema começa. Uma pessoa pode causar muitos danos.

— Todo ser vivo causa danos aos outros, Irme Dex. Se não fosse assim, vocês todos morreriam de fome. Você já viu um alce macho abrir caminho através de uma moita de bulbo picante?

— Eu... não posso dizer que vi.

— É uma bela aula de *atropelamento*. Às vezes, o dano é inevitável. Muitas vezes, na verdade. Eu lhe garanto que nós dois matamos inúmeras coisas minúsculas somente nos últimos passos que demos. — Chapéu de Musgo olhou Dex nos olhos. — Você não está criando um hábito com isso. Não está abrindo uma trilha nova, nem criando uma clareira, nem... Não sei, dando uma festa aqui. Você está fazendo uma caminhada comigo, e quando acabarmos, vamos voltar para a estrada. Garanto que a floresta vai esquecer rapidinho que você esteve aqui. Além disso, eu vou nos guiar. Vou lhe dizer se houver algo que não deva ser pisado. Agora, você quer por favor me seguir até o maldito riacho? — Chapéu de Musgo continuou morro abaixo, não deixando espaço para refutação. — Ah, e você vai querer puxar as meias para cima.

Dex franziu a testa.

— Por quê?

— Há muitas coisas aqui que adorariam ter acesso a uma carne tão desprotegida quanto a sua. — Chapéu de Musgo falava alto ao caminhar. — É uma pena que os humanos não tenham mais uma pelagem; ela ajuda muito na mitigação de parasitas. Mas, por outro lado, é sorte dos parasitas, não é? Como você disse, eles estão apenas atuando em sua natureza.

Tudo nessa declaração fez Dex questionar cada decisão de vida que conduzira elu àquele ponto. Resmungando, puxou as meias até sentir o tecido esticando sob seus calcanhares, então seguiu Chapéu de Musgo para dentro da floresta.

Apesar de todos os protestos de Dex sobre a santidade das trilhas, foi apenas na ausência que elu de fato pôde compreender o que era uma trilha. Elu já tinha feito caminhadas por terras protegidas antes e andado com sua bicivaca por mais lugares abandonados do que era capaz de contar em seus anos na rota do chá. Essas experiências tinham sido de natureza apaziguadora, calmante, um tanto meditativa. Não era preciso pensar muito para fazer seus pés seguirem um caminho, e isso significava que seus pensamentos tinham amplo espaço para derivar e seguir num tempo mais lento. Andar pelo deserto intocado era completamente outra questão, e Dex sentiu algo primordial despertar em si, um estado de espírito concentrado como um laser, que elu não sabia que possuía. Não havia espaço para fantasias errantes. Dex só conseguia pensar em: *cuidado com a raiz, vá para a esquerda, aquilo ali parece venenoso, cuidado com a pedra, aquela terra ali é segura e macia?, ok, vá para a direita, evite aquilo, cuidado, cuidado, CUIDADO*. A cada passo, havia dezenas de variantes, e a cada passo seguinte, as regras mudavam mais uma vez. Viajar *sobre* uma trilha parecia ser algo líquido. Viajar *fora* de uma, Dex estava aprendendo, parecia algo afiado como vidro.

Entretanto, a floresta era impressionante, e nas minúsculas lacunas cognitivas entre *cascalho solto, cuidado com aquela planta, acima, abaixo, CUIDADO*, Dex assimilava a inegável beleza do lugar. Elu tinha certeza de que ia acabar sendo picade ou ralade de várias maneiras antes do fim daquela excursão, mas quando pegou o jeito de andar pela vegetação rasteira, começou a se divertir. Elu sorriu, sentindo aquela mesma rebeldia efervescente que fizera com que desse meia-volta na estrada para Martelada. Até que era divertido.

— Cuidado com as tocas — alertou Chapéu de Musgo. — Algumas doninhas produtivas andaram por aqui!

Dex notou os buracos pequenos e regulares no chão e os contornou com cuidado.

— Obrigade — respondeu Dex. — Ninguém quer um tornozelo torcido.

— Bem, isso e também as aranhas-maçã.

Dex congelou, errando um passo.

— As o quê?

— Aranhas-maçã. Eles têm um mútuo relacionamento benéfico com as doninhas. É maravilhoso. As doninhas fornecem espaço vital e não as incomodam, e as aranhas mantêm predadores maiores bem longe.

— Como?

— Ah, elas são *espetacularmente* agressivas.

Dex se moveu com o mais leve dos passos em torno do buraco de uma toca, sua abertura coberta de musgo e detritos ocultando o conteúdo mais profundo.

— Por que se chamam aranhas-maçã?

— Por causa do tamanho. — Chapéu de Musgo juntou os dedos, formando uma esfera. — Só os abdomes delas têm cerca de...

— Entendi, ótimo, obrigade — disse Dex. Elu se apressou na ponta dos pés através da região das tocas, como se fosse feita de carvões em brasa.

Dex ouviu o riacho antes de eles chegarem lá, maravilhando-se com a rapidez com que a floresta mudou na proximidade de uma fonte de água. Folhas decíduas misturadas com as anteriormente homogêneas sempre-verdes. Lírios estranhos e lanternas-do-pântano superavam em número as samambaias e as trepadeiras espinhosas. Chapéu de Musgo usou seu braço livre para segurar os galhos de um grande arbusto, dando a Dex passagem segura para o canal do outro lado.

— Chegamos — disse Chapéu de Musgo. — Tem bastante água para beber!

Dex olhou para o riacho. Em quaisquer outras circunstâncias, ele teria parecido adorável. A água desabava sobre as rochas lisas e multicolores. Pintinhas de sol eram capturadas nas correntes como purpurina, e a melodia percussiva de uma interminável cascata aquática parecia perfeitamente sintonizada para fazer uma mente esgotada descansar tranquila. Mas Dex não estava lá para *olhar* o riacho. Estava lá para *tirar* do riacho, e esse fato fez com que elu notasse outros detalhes. As estranhas algas marrons que revestiam as rochas como se fossem pelo. O leve fedor de mofo que emanava do solo esponjoso à beira do riacho. Os peixes viscosos, e besouros deslizando pela superfície e restos que era melhor não saber do que eram viajando sob a água, as folhas cor de cadáver flutuando em cima.

— Qual é o problema? — perguntou Chapéu de Musgo.

Dex franziu os lábios.

— Isso vai soar muito idiota — disse elu.

— Duvido — falou Chapéu de Musgo.

— Eu sei de onde vem a água — disse Dex enfim. — Sei que cada gota que sai de cada torneira vem de um lugar como este. Sei que a água da cidade vem em grande parte do rio Marreta, e a água de Vale do Feno vem da Cordilheira do Raptor. Mas nunca *estive* nesses lugares. Eles são apenas… nomes. Conceitos. Sei que a água vem de rios, ou de córregos, ou qualquer coisa do tipo, e então é tratada e limpa, e *só depois* acaba nas minhas canecas, mas não… Eu não penso nisso. Não penso num lugar como *este* sendo algo que eu possa usar. *Isto* não parece um recurso. É… é uma paisagem. É uma bela foto. Não é para tomar. Certamente não parece *seguro*.

Chapéu de Musgo observou o riacho por um momento.

— Você acha que o tanque ficará bem se o deixarmos aqui um pouquinho?

— Eu... acho que sim? Por quê?

Chapéu de Musgo pousou o tanque com um baque seco.

— Se você estiver com disposição para caminhar mais um pouquinho — disse o robô —, eu gostaria de lhe mostrar uma coisa.

O prédio decrépito tinha sido uma fábrica de engarrafamento de bebidas no passado, embora Dex nunca fosse saber disso se Chapéu de Musgo não tivesse explicado. Todas as ruínas da Idade das Fábricas pareciam iguais. Torres enormes de caixas, parafusos e tubos. Brutais. Utilitárias. Visualmente em desacordo com a flora próspera que agora reivindicava o cadáver enferrujado. Mas *cadáver* não era uma palavra apropriada para aquele tipo de edifício, porque um cadáver era um recurso rico: uma abundância de nutrientes prontos para serem divididos e recuperados. Os edifícios aos quais Dex estava mais acostumade se encaixavam nessa descrição. A decomposição era uma função embutida das torres da cidade, construídas a partir de caseína translúcida e alvenaria de micélio. Aquelas paredes iriam, com o tempo, começar a se decompor, e nesse momento seriam reparadas por materiais cultivados para aquele propósito expresso, ou, se o prédio não estivesse mais em uso, seria reabsorvido na paisagem que o hospedara por um tempo. Mas um prédio da Idade das Fábricas, um edifício de *metal* — aquilo não oferecia nenhum benefício a nada além das pequenas criaturas que desfrutavam de algum abrigo temporário em seus restos. Ele corroeria até desabar. Isso era o máximo que conseguiria. Seu único legado era persistir onde não pertencia.

Dex tinha visto esse tipo de ruína muitas vezes em suas viagens. Enquanto algumas haviam sido esvaziadas em coletas de materiais recicláveis e outras receberam novas finalidades, algumas foram deixadas em plena vista das estradas, como lembrete do mundo que um dia existiu. Repetir a história que havia deixado uma memória viva era uma tendência demasiado humana, e não havia ninguém agora em Panga que estivesse vivo no tempo das fábricas. Então, embora Dex tivesse visto lugares ao longe como a fábrica de engarrafamento, nunca havia chegado perto antes. Nunca estivera *dentro* de uma fábrica, como estavam agora. O edifício era enorme, como uma caverna, uma equação infinita de vigas em I e ângulos. Não havia como saber de que material havia sido feito o piso, pois a floresta o havia consumido. Havia brotos de samambaia, cogumelos, emaranhados de espinhos, tudo crescendo com mais espessura abaixo dos buracos que se desintegravam no teto, por onde o sol se derramava aos pedaços.

— O que você sabe sobre este lugar? — perguntou Dex baixinho.

Chapéu de Musgo estava ao lado delu, olhando para a luz sinistra no alto.

— Quase nada, apenas o que este lugar era, e que parte de mim não gosta daqui.

Dex se virou.

— O que você quer dizer?

— Não sei. — Chapéu de Musgo deu de ombros. — É uma reminiscência que tenho. — Mais uma vez aquela palavra, e mais uma vez nenhuma explicação antes que o robô continuasse alegremente: — Acho que é parte do motivo pelo qual eu quero ir ao eremitério com você. Quero entender esse sentimento antes de mergulhar totalmente na vida humana. Alguma parte de mim tem medo do seu mundo, mas não sei o que isso *significa* ou se vale a pena ouvi-la.

— Você não se lembra de como as coisas eram?

Chapéu de Musgo ficou encarando Dex.

— Espere, você... *Não*. Você não pode achar que venho das fábricas.

Dex encarou de volta.

— Não vem?

O robô riu, o som ecoando pelas paredes.

— Irme Dex! Claro que não! Eu sou selvagem. Nós não estaríamos tendo essa conversa se eu estivesse em operação desde as *fábricas*. Quer dizer, olhe pra mim! — Estendeu os braços, como se estivesse mostrando uma piada óbvia.

A piada não era óbvia.

— Oh, céus, você... Você realmente não sabe. Lamento tanto; que tolice minha supor. — Chapéu de Musgo apontou para o próprio corpo com uma atitude professoral. — Meus componentes são de robôs de fábrica, sim, mas esses indivíduos quebraram há muito tempo. Seus corpos foram reaproveitados por seus pares, que reutilizaram as peças *deles* em novos indivíduos. Seus filhos. E então, quando eles quebraram, suas partes foram novamente reaproveitadas e reformadas, e utilizadas para construir novos indivíduos. Faço parte da quinta versão. Veja, veja. — O robô pôs a mão metálica na barriga. — Meu torso foi tirado de Pequeno Ninho de Codorna, e antes daquilo, pertencia a Cobertor de Hera, e Ninho de Lontras, e Cupins. E antes *disso...* — Abriu um compartimento no peito, ligou uma luz na ponta do dedo e iluminou o espaço interior.

Dex deu uma espiadinha lá dentro e seus olhos se arregalaram. Havia uma placa de aspecto oficial aparafusada ali, desgastada pela ação do tempo, mas conservade limpa com um cuidado meticuloso. *643-14G*, leu elu, *Propriedade das Indústrias Têxteis Wescon, Ltda.*

— Merda — sussurrou Dex. Parecia, naquele momento, que o tempo havia se compactado, como se a história não fosse mais segmentada em Idades e Eras, mas estivesse ali, viva, *agora*.

— Pode colocar a mão, se quiser — disse Chapéu de Musgo.

— Não vou enfiar a mão dentro do seu peito.

— Por que não?

— Porque... não. — Dex enfiou as mãos nos bolsos. — Então, seu corpo... esse 643... era um robô de fabricação.

— O torso, sim, mas... veja, foi por isso que não percebi que *você* não percebeu, porque é tão flagrante para mim. — Chapéu de Musgo retirou seus braços. — Estes são de um robô completamente diferente: PanArc 73-319, que compôs Bruma da Manhã, que compôs Ossos de Camundongo, que compôs Arenito, que compôs Lobo e Corça, que me compõe agora. PanArc 73-319 executava montagem de automóveis. Viu? Você pode ver pelas articulações.

Dex aceitou a palavra de Chapéu de Musgo para isso.

— E você *não tem* as memórias deles.

— Não de uma maneira útil. Tenho algumas... impressões. Imagens únicas. Sentimentos que sei que não são meus. São coisas pequenas e breves. Que permanecem por um instante e se vão com a mesma rapidez.

O significado bateu.

— Reminiscências — concluiu Dex.

— Precisamente.

— E uma dessas reminiscências... tem medo de lugares como este.

— Talvez *medo* seja uma palavra muito forte. Desconfiança. Cautela. Um pouco de desconforto.

Dex se recostou num enorme tonel enferrujado, aliviando o peso de seus pés cansados.

— De quantos outros robôs você é feito?

— Três predecessores imediatos, mas eles também foram feitos de outros. Minha... Acho que você diria *árvore genealógica*... é composta de muitos indivíduos selvagens, descendentes no total de... — o robô contou na ponta dos dedos — ... dezesseis originais de fábrica.

— Então... se as peças ainda *funcionam* depois de todo esse tempo, e vocês podem continuar reaproveitando as peças repetidamente, por que desmontar os originais e misturar suas peças depois que eles quebram? Por que não os *consertar*?

Chapéu de Musgo assentiu enfaticamente, como sinal de que era uma boa pergunta.

— Isso foi amplamente discutido na primeira reunião, depois que os originais começaram a quebrar. Em última análise, a decisão foi a de que esse seria um caminho menos desejável para o futuro.

— Mas isso é... isso é *imortalidade*. Como isso é menos desejável?

— Porque nada mais no mundo se comporta dessa maneira. Todo o restante se decompõe e se transforma em outras coisas. Vocês: vocês são feitos de moléculas que se originaram em uma quantidade imensurável de organismos. Vocês *comem* dezenas de coisas mortas todos os dias para manter sua forma. E quando vocês morrem, pedaços de vocês serão levados por sua vez por bactérias, besouros e vermes, e por aí vai. Nós, robôs, não somos seres naturais; sabemos disso. Mas ainda estamos sujeitos às leis dos Deuses Pais, assim como tudo o mais. Como poderíamos continuar a ser estudantes do mundo se não emulássemos seu ciclo mais intrínseco? Se os originais *tivessem* apenas se consertado, estariam se comportando em oposição à própria coisa que procuravam tanto compreender. A coisa que *ainda estamos* tentando compreender.

Dex enfiou as mãos nos bolsos.

— Você tem medo disso? — perguntou elu. — Da morte?

— Claro — disse Chapéu de Musgo. — Todas as coisas conscientes têm. Por que mais as cobras mordem? Por que os pássaros voam? Mas isso também faz parte da lição, acho. É muito estranho, não é? A coisa que todo ser mais teme é a única coisa que é inevitável? Parece quase cruel, ter isso assim tão...

— Tão incrustado?

— Sim.

Dex assentiu.

— Como o paradoxo de Winn.

— Não sei o que é isso.

Dex gemeu baixinho, tentando invocar a recordação de um livro que tivera de ler quando era ume iniciade.

— É essa famosa ideia de que a vida está fundamentalmente em desacordo consigo mesma. O exemplo normalmente utilizado é o dos cães selvagens da Região do Matagal. Você sabe a respeito disso?

— Sei que há cães selvagens na Região do Matagal, mas não sei aonde você está querendo chegar — disse Chapéu de Musgo, com ar fascinado.

Dex fechou os olhos, enquanto desenterrava informações empoeiradas.

— No passado, as pessoas matavam todos os cães selvagens na Margem Azul, porque queriam pescar, fazer caminhadas e qualquer coisa sem talvez serem feridas.

— Certo. E isso destruiu o ecossistema de lá.

— Especificamente, os *alces* destruíram o ecossistema de lá. Eles se aventuraram em lugares aonde não tinham ido antes e comeram de *tudo*. Arbustos, mudas, tudo. Em pouco tempo, não havia cobertura de terra, e o solo estava erodindo, e isso fodeu com os cursos de água, e todas as outras espécies sofreram desequilíbrio por causa disso. Uma enorme confusão. Mas, se você pensar nisso da perspectiva dos alces, foi a melhor coisa que já aconteceu.

Toda a razão pela qual eles nunca tinham entrado naqueles campos antes era porque tinham medo. Viviam sob constante medo de um cão selvagem pular em cima deles e comê-los ou seus filhotes a qualquer momento. É um jeito *terrível* de viver. Deve ter sido um alívio estar livre de predadores e comer o que diabos você bem entendesse. Mas isso era exatamente o *oposto* do que o ecossistema precisava. O ecossistema exigia que o alce tivesse medo para se manter em equilíbrio. Mas o alce não *quer* ter medo. O medo é angustiante, assim como a dor. Assim como a fome. Todo animal é programado para fazer absolutamente qualquer coisa para impedir esses sentimentos o mais rápido possível. Estamos todos apenas tentando ficar confortáveis, bem alimentados e sem medo. Não foi culpa dos alces. Os alces só queriam relaxar. — Dex acenou com a cabeça na direção da fábrica em ruínas. — E as pessoas que construíram lugares como este também não eram culpadas; pelo menos, não no começo. Elas só queriam estar confortáveis. Queriam que seus filhos vivessem além dos cinco anos de idade. Queriam que tudo parasse de ser tão *difícil* pra caralho. Qualquer animal faria o mesmo... e *faz*, se tiver a chance.

— Assim como o alce.

— Assim como o alce.

Chapéu de Musgo assentiu lentamente.

— Então, o paradoxo é que o ecossistema como um todo precisa que seus participantes atuem com contenção para evitar o colapso, mas os participantes propriamente ditos não têm nenhum mecanismo embutido para encorajar esse comportamento.

— Além do medo.

— Além do medo, que é um sentimento que você quer evitar ou deter a todo custo. — O hardware na cabeça de Chapéu de Musgo produzia um zumbido constante. — Sim, isso é uma bagunça, não é?

— Claro que é.

— Então, o que foi feito?

— Você quer dizer, com os alces?

— Sim.

— Eles reintroduziram cães selvagens, e tudo voltou a se reequilibrar.

— E as pessoas que queriam fazer caminhadas e pescar lá?

— Não fazem mais isso. Ou, se fazem, aceitam os riscos. Exatamente como os alces.

O robô continuou a assentir.

— Porque a alternativa é mais assustadora que os cães. Vocês ainda confiam no medo para manter as coisas sob controle.

— Praticamente. — Dex inclinou a cabeça para trás, dando uma boa olhada no teto. Havia uma estranha beleza nele, grotesca e trágica. A cuba atrás delu ecoou suavemente quando elu moveu a cabeça, e elu pensou no tanque de água desprotegido dentro do córrego. — Por que você me trouxe aqui?

— Queria lhe mostrar que eu entendia como você se sentia sobre as algas.

Havia poucas coisas que Dex odiava tanto quanto se sentir perdide.

— Não estou entendendo.

— As algas no riacho. Foi o que incomodou você, não foi?

— Não tenho certeza. Acho que sim. Tinha muita gosma estranha lá. Sei que não vai me machucar. Eu sei que ela vai ser filtrada. Mas alguma coisa... Não sei.

Chapéu de Musgo sorriu.

— Alguma parte de você não gosta disso.

— É.

O sorriso de metal se alargou.

— Uma reminiscência. Uma reminiscência evolutiva tentando evitar que você fique doente.

Dex coçou a nuca.

— Humm.

— Reminiscências são coisas poderosas. Difíceis de ignorar. Mas você tem o bom senso e as ferramentas para evitar adoecer com aquela água. E eu... — Chapéu de Musgo traçou um dedo ao longo da cuba, fazendo flocos de ferrugem caírem como neve. — Eu sei que o mundo para o qual estou indo não é o mundo do qual os originais se afastaram.

Dex inclinou a cabeça na direção do robô.

— Então, somos mais inteligentes que nossas reminiscências. É o que você está dizendo?

Chapéu de Musgo assentiu devagar.

— Se escolhermos ser. — Esfregou as palmas das mãos, limpando-as. — É o que nos torna diferentes dos alces.

Ambos ficaram vendo a luz por alguns momentos: a luz e o pólen dançando dentro dela. A sombra de um pássaro navegou por ali. Uma aranha delicada havia colocado meticulosamente linhas de ancoragem de seda entre as alavancas de controle antigas. Uma gavinha esticada, seu movimento fora de sincronia com o tempo humano.

— Aqui é bonito — comentou Dex. — Eu não imaginava que fosse dizer isso sobre um lugar como este, mas...

— É, sim — falou Chapéu de Musgo, como se tomasse uma decisão dentro de si. — É, sim. Coisas morrendo geralmente são.

Dex ergueu uma sobrancelha.

— Isso é um pouco macabro.

— Você acha? — indagou Chapéu de Musgo com surpresa. — Humm. Discordo. — Ele tocou de modo distraído uma samambaia macia que crescia nas proximidades, acariciando as folhas como se fossem pelagem. — Acho que há algo de belo em ter a sorte de testemunhar uma coisa em sua partida.

6

GALINHA CAIPIRA COM VERDURAS COZIDAS E CEBOLA CARAMELIZADA

Um dos muitos, muitos primos de Dex em Vale do Feno tinha uma criança de nome Oggie. Algum dia no futuro indefinido, Oggie seria brilhante, mas, por enquanto, era irritante pra caramba. Sempre que Dex fazia uma visita, Oggie pairava ao seu lado o tempo todo, fazendo uma pergunta atrás da outra, querendo saber tudo o que havia para saber sobre sapatos, dentes, bicivaca, amigos, cabelo, casa, hábitos de Dex. A criança não parava. Dex se lembrou de uma noite em particular, quando estavam sentades ao redor da fogueira com os outros adultos. De repente, Oggie, que já tinha sido colocade na cama fazia tempo, veio marchando para o círculo no seu pijama de algodão, imbuíde de um nível de confiança que Dex não podia se lembrar de ter possuído algum dia, exigindo saber por que os pés tinham dedos, e por que os dedos dos pés não podiam ser iguais aos dedos das mãos. A hora de dormir que se lascasse. Oggie tinha que saber.

Oggie veio à mente de Dex enquanto elu tentava preparar o jantar com Chapéu de Musgo assistindo extasiado por cima de seu ombro, tão perto que Dex podia ouvir cada clique minúsculo nas articulações do robô.

— E isto aqui? — perguntou Chapéu de Musgo, acenando com a cabeça para a tábua de cortar. — Não estou familiarizado com esse tipo de bulbo.

— Isto é uma cebola — explicou Dex. Elu retirou a casca e começou a cortar.

— Não pode haver muitos nutrientes nisso. Não que você possa processar, de qualquer maneira.

— Eu... Sei lá. Acho que não. Mas esse não é o objetivo de uma cebola.

Chapéu de Musgo inclinou a cabeça de modo a olhar diretamente para o rosto de Dex. Muito, muito perto.

— Qual é o objetivo de uma cebola? — perguntou com intenso interesse.

— É deliciosa — disse Dex. — Basicamente não há nada saboroso que não possa ser aprimorado adicionando-se uma cebola. — Elu parou no meio do corte e esfregou os olhos com a manga.

— Você está bem?

— Estou — disse Dex, com os dutos lacrimais jorrando. — É que as cebolas... ardem. Elas... Ah, caralho. — Elu esfregou os olhos com mais força, respirando fundo para se segurar. — O cheiro delas é... provoca *isto.* — Elu gesticulou vagamente para o rosto molhado e congestionado.

— Céus — disse Chapéu de Musgo. Pegou uma das lascas cortadas entre as pontas de dois dedos e a examinou cuidadosamente. — Deve ser *muito* deliciosa.

Dex cortou o mais rápido que a segurança permitia, então disparou para longe da cozinha, procurando um pouco de ar puro. Deuses, que cebola potente.

Chapéu de Musgo apareceu bem ao lado delu mais uma vez, seus olhos azuis fixos nos olhos lacrimejantes de Dex.

— Quanto tempo dura essa reação? Há algum perigo? Posso ajudar?

Dex esfregou e esfregou, mas os olhos não paravam de queimar.

— Você pode começar com as cebolas, se quiser — disse elu.

Chapéu de Musgo parecia ter acabado de ser informado de que era um dia de festa.

— O que é que eu faço? — perguntou alegremente.

Dex apontou.

— A panela já está quente. Jogue um pouco de manteiga nela.

Chapéu de Musgo pegou a faca e o pote de manteiga como se nunca tivesse segurado esses objetos antes — e, claro, não tinha mesmo.

— Quanto de manteiga?

— Tipo... — Dex fez um tamanho aproximado com o polegar e o dedo indicador. — Isso aqui.

O robô cavou um pedaço de manteiga que era mais ou menos *isso aqui* e o colocou na panela.

— E qual é o objetivo da manteiga? — perguntou, levantando a voz acima do chiado da manteiga.

— É gordura — explicou Dex. — Nada fica gostoso sem gordura.

Chapéu de Musgo refletiu sobre aquilo.

— Acho que a maioria dos onívoros concordaria — disse. — E o que eu faço agora?

— Jogue todos os pedaços de cebola na panela... menos a casca e o topo. Esses vão para o digestor.

O robô apontou para os pedaços com a ponta da faca.

— Esses você não come.

— Isso.

— Entendi. — Chapéu de Musgo jogou a cebola na panela, conforme solicitado, e colocou as sobras no digestor, conforme solicitado. Em seguida, concentrou toda a atenção na química acontecendo dentro da panela.

— Vocês são a única espécie que faz isso, sabia?

Dex voltou para a cozinha, o ataque da cebola por fim cedendo.

— Isso vale para um monte de coisas.

— Humm. É verdade, mas você pode reverter isso. As corujas são as únicas aves que caçam à noite. Os besouros-tigre são a única espécie de besouro que canta. Ratos-do-pântano...

— Já entendi. — Dex entrou na carroça, abriu a pequena geladeira e pegou um barrilzinho de cerveja de cevada que havia ganhado no Oco do Cervo. Restava apenas o suficiente para um último copo, e aquele parecia o dia certo para isso.

Chapéu de Musgo notou a garrafa e riu.

— Ah, vocês definitivamente não são a única espécie que faz *isso*.

— Você sabe o que é?

— Sim. Tenho uma reminiscência de cerveja. De saber o que é cerveja, pelo menos.

— Você se lembra de cerveja, mas não de manteiga? Chapéu de Musgo deu de ombros.

— Pergunte aos originais, não a mim.

— Então... espera aí, o que mais bebe cerveja?

— *Cerveja*, não. Coisas fermentadas. Pássaros asas--de-cera são capazes de disputar frutas fermentadas se conseguirem encontrá-las, mesmo que haja frutas frescas ao redor. Eles ficam muito ridículos depois. — Algo ocorreu a Chapéu de Musgo e ele se inclinou para Dex, olhos brilhando. — Você vai fazer a mesma coisa? Tropeçar em círculos, cair? — O tom do robô sugeriu que esperava sinceramente que isso acontecesse.

— *Não* — disse Dex. — Vou tomar *uma cerveja*.

— E isso não é...

— O suficiente para me fazer cair de tanto beber? Não.

— Ah — disse Chapéu de Musgo, decepcionado. — Qual será o efeito, então?

— Vou ficar um pouco alegre. Você provavelmente não notará a diferença.

— Ah. Ora. Está certo. — O robô olhou para as cebolas. — Eu deveria estar fazendo alguma coisa?

— Eu assumo daqui — disse Dex enquanto enchia uma caneca. Tomou um gole e saboreou o gostinho frio e amargo antes de achar uma espátula. — Veja, você vai mexendo tudo, desse jeito.

Chapéu de Musgo observou os movimentos de Dex com cuidado.

— Posso tentar? — perguntou. — Eu me sinto um tanto investido nisso agora.

Dex sorriu.

— Claro. Vou pegar a carne.

Elu voltou à geladeira, pegando um pacote embrulhado em papel que continha peças bem cortadas de galinha caipira, que um aldeão agradecido lhe dera de presente. Era o que restava de sua proteína animal fresca, notou elu, e seu suprimento de vegetais acabaria em dois dias, talvez três. Elu não estava acostumade a ficar tanto tempo sem reabastecer nas aldeias, mas ficaria bem. Tinha toneladas de comida desidratada na carroça: pelo menos duas semanas de refeições lá dentro, calculava, nenhuma das quais havia sido usada ainda. Elu desembrulhou a carne e começou a temperar, concentrando-se nessa tarefa em vez de se perguntar quanto tempo planejava ficar ali, por que estava ali, afinal, e se seria uma boa ideia interrogar o pequeno desejo fervoroso de simplesmente não voltar mais.

Em vez disso, Dex encontrou o sal e a pimenta.

— Não vejo você comer animais com muita frequência — disse Chapéu de Musgo.

— Não se sou eu quem cozinha — falou Dex. — Sempre como se é servido para mim, e como coisas como isto — acenou com a cabeça para a carne —, se me forem dadas. Caso contrário, só gosto de comer isso se eu tiver matado.

— Você tem habilidade para isso?

— Sei pescar, mas é muito chato. E cacei um punhado de vezes, mas nunca sozinhe. Acho que não conseguiria ir muito longe por conta própria.

Chapéu de Musgo levantou a panela para mostrar as cebolas a Dex.

— Estão com a cara boa?

Dex avaliou.

— Sim. Você está indo muito bem.

O robô sorriu, todo agitado de orgulho. Dex picou e preparou a galinha, depois foi deslizando os pedaços apetitosos na panela e adicionando um punhado enorme de folhas verdes por cima. O silêncio caiu de novo entre Dex e Chapéu de Musgo, mas, dessa vez, não havia nada de estranho nele. Honestamente, pensou Dex... até que era bom.

— Ah, ei — disse Dex. Algo na folhagem ao redor havia chamado sua atenção. Elu pegou uma faca de cozinha c cntregou a Chapéu de Musgo. — Está vendo aquela planta ali? Aquela desgrenhada com as flores roxas?

Chapéu de Musgo olhou.

— Você quer dizer o tomilho-da-montanha?

— Sim, essa mesmo. Gostaria de cortar um punhado pra mim? Vai cair muito bem com isto aqui.

As íris do robô se alargaram.

— Nunca colhi uma coisa viva para comida antes.

— Você cozinhou a cebola.

— Sim, mas não fui eu quem a removeu da terra. — Ele olhou pensativo para a faca em suas mãos. — Eu... não tenho certeza... quero dizer, uma coisa é assistir...

— Ei, tudo bem — respondeu Dex, de um modo tranquilizador. — Eu faço. Só continue mexendo aqui para mim.

Chapéu de Musgo obedeceu, e parecia aliviado.

As ervas foram cortadas, o jantar foi servido nos pratos, cadeiras foram desdobradas, o tambor de fogueira foi aceso. Não havia muitos insetos além dos vaga-lumes, e o ar da noite estava agradável. Mas Dex franziu os lábios em direção ao prato quente sobre seus joelhos. Algo não estava certo. Elu não tinha desfrutado devidamente de uma refeição desde que Chapéu de Musgo chegara e, a princípio, atribuíra isso ao estranhamento da situação. Mas cozinhar juntos tinha sido confortável. Por que comer não era?

Chapéu de Musgo tinha se sentado em frente a elu na cadeira extra, postura atenta, rosto estacionado em um neutro feliz, mãos apoiadas nos joelhos. Sorriu para Dex, esperando que elu começasse.

Dex pegou o garfo. A carne tinha sido cozida até ficar perfeitamente macia, temperos torradinhos nas bordas crocantes. Os legumes pareciam macios e doces, e a cerveja estava à mão, pronta para fazer aquilo tudo descer suavemente. Dex deu uma garfada num pedaço, ergueu o garfo, abriu a boca e...

— É *isso*.

Chapéu de Musgo piscou em surpresa.

— Isso o quê?

Dex pousou o garfo.

— Descobri o que está errado.

— E... — Chapéu de Musgo olhou ao redor. — E *tem* algo errado?

— Sim. — Dex tamborilou os dedos no apoio de braço. — Eu não posso lhe oferecer comida.

A confusão do robô aumentou.

— Eu não como.

— Eu sei. Sei que você não come. E *ainda assim...* — Elu gesticulou para seu prato com um suspiro. — Parece uma grosseria enorme não lhe oferecer nada. Especialmente porque você ajudou.

Chapéu de Musgo contemplou o prato de Dex.

— Não existe, fisicamente, uma maneira de eu consumir isso.

— Eu sei.

— Colocar isso dentro de mim me danificaria. Ou atrairia animais. — Chapéu de Musgo ponderou o último argumento. — Isso poderia ser interessante, na verdade.

Dex estreitou os olhos.

— Você não pode se fazer de *isca*.

— Por que não? É uma possibilidade que nunca considerei. Tenho insetos dentro de mim o tempo todo. Por que não um furão? Poderia ser divertido.

— Claro. Ou um urso.

— Ah — disse Chapéu de Musgo. — Sim, você tem razão. Eu não tenho como garantir que seja um animal *pequeno*. — O robô inclinou a cabeça para a oportunidade descartada, mas então se endireitou, novamente empolgado. — Desculpe, estávamos falando de comida. Você não precisa se preocupar com isso, Irme Dex. Sei que você me ofereceria comida se eu *pudesse* comer.

— Não é... — Uma mecha de cabelo caiu nos olhos de Dex, e elu a colocou no lugar, franzindo a testa. — Não sei se consigo explicar como isso é fundamental. Se alguém vem à sua mesa, você alimenta esse ser, mesmo que isso signifique que você vai ficar com um pouco de fome. É *assim* que funciona. Logicamente, entendo que nossas circunstâncias sejam diferentes, mas tudo em mim simplesmente fica *incomodado* quando fazemos isso. Sinto que, em algum lugar, minha mãe está chateada comigo.

— Então, essa é uma expectativa familiar.

Dex nunca havia examinado a questão antes.

— Humm... cultural. Eu acharia rude se fosse à casa de alguém e não me oferecessem comida. Não consigo pensar numa ocasião em que isso tenha acontecido. Mas, sim, minha família levava isso em especial bem a sério. Eles trabalham nas terras agrícolas no Vale do Feno, e elas produzem muitos alimentos. Nós tínhamos excedente de produção. Um excedente precisa ser compartilhado.

Chapéu de Musgo se inclinou para a frente.

— Acho que você não mencionou sua família. Você disse antes que é de Vale do Feno. Disse que partiu quando tinha idade suficiente para se tornar ume iniciade. Mas nunca falou sobre o seu povo.

— Eu mantenho contato com eles. Eu visito. Mas nós somos... Não sei...

— Distantes?

— Não — disse Dex, recuando. Essa palavra não se encaixava, de jeito nenhum. — Eu os amo. Eles me amam. Nós apenas... eu nunca me encaixei lá, na verdade. Não temos muito em comum.

Chapéu de Musgo ponderou a informação.

— A não ser a necessidade de compartilhar comida.

Um canto da boca de Dex se repuxou para cima.

— Sim. Acho que sim.

Elu ficou pensando por um momento, procurando uma maneira de contornar esse enigma.

— Tenho uma ideia. Você pode segurar isto aqui um segundo? — Elu entregou o prato para Chapéu de Musgo, então se levantou e retirou um segundo prato do armazenamento da cozinha. — Aqui — disse Dex. Elu pegou metade da comida do primeiro prato, colocou-o no segundo e entregou-o a Chapéu de Musgo. Depois de um momento deixando essa nova situação assentar, Dex assentiu com alívio e começou a comer com gosto.

Chapéu de Musgo, ao que parecia, havia absorvido o desconforto delu. Segurava o prato, desajeitade, parecendo perdide enquanto Dex comia.

E ah, como Dex comia. A galinha caipira e os legumes estavam tão bons quanto pareciam, e quando Dex enfiou a última lasca de cebola caramelizada na boca, era só contentamento. Elu voltou a colocar o prato no colo, suspirou em agradecimento ao seu deus, então levantou a cabeça e olhou para Chapéu de Musgo, projetando o queixo em direção à placa do robô.

— Você vai comer isso?

Se Chapéu de Musgo já havia se confundido antes, agora é que estava em pleno estado de abestalhamento.

— Mas acabamos de discutir que eu...

Dex ergueu a mão.

— Diga: "Não, eu terminei, você pode comer se quiser".

Os olhos de Chapéu de Musgo piscaram.

— Hum... não, eu... terminei — repetiu devagar. — Você pode comer se quiser.

Dex assentiu e pegou o prato de Chapéu de Musgo.

— Obrigade — disse elu, e sem perder tempo começou a comer. — Agradeço mesmo.

O robô observou enquanto Dex continuava a comer.

— Isso é muito bobo — comentou Chapéu de Musgo.

— É, sim — falou Dex.

— E totalmente desnecessário.

Dex tomou um gole de cerveja e exalou com prazer.

— Mas funcionou.

Chapéu de Musgo ponderou isso, então deu um aceno de cabeça divertido.

— Então é o que vamos fazer.

7

A VASTIDÃO SELVAGEM

É DIFÍCIL PARA QUALQUER PESSOA NASCIDA E CRIADA EM infraestrutura humana realmente internalizar o fato de que sua visão do mundo é retrógrada. Mesmo que você saiba muito bem que vive em um mundo natural que existia antes de você e continuará existindo muito depois, mesmo que você saiba que a vastidão selvagem é o estado padrão das coisas e que a natureza não é algo que só acontece em enclaves cuidadosamente organizados entre cidades, algo que brota em espaços vazios se você ignorá-los por um tempo, mesmo que você passe a vida inteira acreditando que está profundamente em contato com o fluxo e refluxo, o ciclo, o ecossistema como ele realmente é, você ainda terá problemas para imaginar um mundo intocado. Você ainda vai lutar para entender que as construções humanas são esculpidas e sobrepostas, que *esses* são os lugares que estão no meio, não o contrário.

Essa foi a mudança cognitiva na qual Dex caiu de cabeça quando montou em sua bicivaca na estrada velha e olhou para o lugar onde o asfalto desaparecia.

Em algum momento havia acontecido um deslizamento de terra — anos antes, décadas antes, quem saberia dizer? Um pedaço inteiro da montanha havia perdido a coesão, apagando a linha pavimentada cortada por mãos humanas. Não era uma questão de a estrada estar danificada. Não havia indicação de que algum dia tivesse *existido* uma estrada além da borda irregular em que Dex e Chapéu de Musgo estavam. Qualquer pedaço de asfalto que tivesse se quebrado ali havia sido completamente engolido por rocha e solo, ambos reivindicados integralmente por prósperas comunidades de samambaias, árvores, raízes e líquens.

— Sinto muito, Irme Dex — disse Chapéu de Musgo.

Dex não disse nada em resposta. Elu ficou olhando para a bagunça caótica à sua frente, tentando entender o sentimento que ardia em seu peito. Havia decepção ali dentro, e consternação também, mas, quando desembrulhou o rosnado, a maior parte do que encontrou foi raiva, dobrando constantemente a si mesma como células se dividindo. A raiva não era dirigida à situação, mas à sugestão de que isso significava desistir. *Não posso ir mais longe*, pensou elu ao chegar naquele ponto e, quando protestou, sua parte lógica explicou: *A estrada se foi. A carroça não pode viajar por ali. É isso.*

A estrada não estava lá. A carroça não podia viajar. Quanto mais tempo essas observações assentavam, mais Dex fumegava. O lugar à frente era simplesmente o mundo, como o mundo sempre havia sido e sempre haveria de ser.

Dex era, presumivelmente, uma parte daquilo, um produto daquilo, um ser inextricavelmente ligado às suas maquinações. E, no entanto, diante da perspectiva de entrar no mundo sem ajuda, sem alteração, Dex sentiu-se impotente. Sem esperança. Uma tartaruga deitada de costas, pernas balançando inúteis no ar.

Dex fuzilou a estrada desaparecida, fuzilou a si mesme. Pisou no freio e marchou para dentro da carroça.

— Ah, estou tão decepcionade — disse Chapéu de Musgo, ainda do lado de fora. — E lamento muito mesmo. Como eu disse, já faz um tempo que não venho para cá, e nunca estive nesta estrada antes. Eu não fazia ideia de que ela estava em tal… O que você está fazendo?

Dex estava vasculhando a carroça, de mochila na mão. Embalou garrafa de água e filtro, claro, e primeiros socorros, obviamente. Meias, talvez. Poderia abandonar as meias se precisasse.

— Irme Dex?

Sabão, não. Joias, não. Badulaques — deuses ao redor, por que elu tinha *tanta coisa*? Dex continuou a atulhar as coisas dentro da bolsa, sem se importar com a forma como estavam dobradas ou empilhadas. Uma muda de roupa completa era demais… ou não? Elu enfiou calças e uma camisa, por via das dúvidas.

Chapéu de Musgo enfiou a cabeça na carroça.

— O que você está fazendo?

Dex estava na frente do armário da despensa, pensando. De bicivaca, teria sido meio dia de viagem até o eremitério, então sem a bicivaca, a pé…

— Irme Dex, não — disse Chapéu de Musgo.

Dois dias, pensou Dex. Talvez três. Elu pegou barras de proteína, nozes salgadas, frutas secas, carne seca, chocolate.

— Talvez você tenha tido a impressão errada quando saímos da trilha antes. — A voz de Chapéu de Musgo estava nervosa. — Aquilo foram duas horas em um trecho fácil de floresta. Não sei o que tem aqui. Eu nunca estive aqui.

— A culpa não é sua — falou Dex. Elu adicionou um carregador de bolso para o computador e um cobertor sobressalente, depois fechou o zíper da bolsa. Fechou as janelas da carroça, uma a uma.

— Não estou entendendo — disse Chapéu de Musgo. — Por que isso é tão importante?

Algo em Dex se arrepiou furiosamente com a pergunta, uma criatura reservada que não queria ser cutucada. Elu desceu da carroça com convicção; Chapéu de Musgo saltou para fora do caminho.

— Você não precisa vir — disse Dex. — Nós íamos nos separar depois do eremitério de qualquer maneira. Você foi muito gentil em me ajudar, mas eu trouxe você para longe do seu negócio, e você deveria seguir seu caminho.

Chapéu de Musgo ficou parade, impotente, enquanto Dex trancava a carroça.

— Irme Dex, eu...

Dex colocou a mochila no ombro e apertou as alças. Elu olhou para o robô, que se elevava acima delu.

— Estou indo — afirmou.

Os olhos de Chapéu de Musgo escureceram por um momento. Quando a luz azul voltou, estava um pouco mais fraca que antes.

— Ok — falou Chapéu de Musgo. — Então vamos.

O corpo humano pode se adaptar a quase tudo, mas é enganosamente seletivo sobre a maneira como o faz. Dex achava que estava em boa forma. Elu passara anos pedalando por Panga. Tinha aptidão física, comprovadamente. E, no entanto, depois de um dia inteiro abrindo caminho por uma colina sem trilhas — passando por cima de toras, descendo ravinas, pisando com cuidado sobre pilhas de rochas —, músculos que estavam em repouso havia anos se opuseram ruidosamente a serem obrigados a trabalhar numa tarefa tão inesperada.

Dex não estava nem aí. Suas palmas e seus antebraços estavam arranhados e sangrando.

Dex não estava nem aí. Sanguessugas aproveitavam ao máximo o banquete em mãos. Uma bolha se formava em seu pé, um local desacostumado a ser esfregado por um sapato em um ângulo desconhecido. O céu escurecia. O ar ficava mais rarefeito. A montanha parecia interminável.

Dex não estava nem aí.

Chapéu de Musgo não dizia quase nada conforme os dois avançavam, além da ocasional sugestão discreta de "por aqui parece mais fácil" ou "cuidado com essa raiz". Dex se ressentia da companhia do robô. Elu não queria Chapéu de Musgo lá. Elu não queria ninguém lá. Queria escalar a porra da montanha, porque tinha decidido que iria, e então, quando chegasse ao eremitério, então... então...

Dex cerrou os dentes e se arrastou sobre uma pedra, ignorando o enorme buraco no final dessa declaração.

Os vergões começaram a surgir onde as sanguessugas haviam se alimentado. Suor brotava da pele cheia de coceira de Dex, encharcando o pano vermelho e marrom que já estava coberto de sujeira. Dex sentia o próprio cheiro, almiscarado e acre. Pensou no sabonete de menta doce em sua carroça, a toalha vermelha fofinha, o chuveiro confiável do acampamento, que na verdade não era nada de especial, mas estava sempre lá quando elu precisava. Pensou na sua cadeira, seu tambor de fogueira, na sua linda, linda cama.

E como fazíamos antes de ter camas?, pensou Dex com raiva. *O que fazíamos antes de ter chuveiros? A espécie humana se virou muito bem por centenas de milhares de anos sem nada disso, então por que você não pode?*

Começou a chover.

— Acho que devemos encontrar abrigo — disse Chapéu de Musgo. Olhou para o céu. — Essas nuvens não vão a lugar nenhum tão cedo, e vai ficar escuro em uma hora.

Dex começou a escalar outra pedra, mãos e pés procurando vestígios de apoio, a chuva fria encharcando as últimas partes de suas roupas que conseguiram evitar o suor.

Dessa vez, Chapéu de Musgo não seguiu. Ficou no pé da rocha, olhando perplexo.

— Por que você está fazendo isso? — perguntou.

Dex não disse nada.

— Por que você veio até aqui? — A voz do robô aumentou de modo impaciente. — Por que você está aqui, Irme Dex?

— Estou tentando escalar — retrucou Dex, alguns metros acima. — Pare de me distrair.

— Aconteceu alguma coisa com você?

— Não.

— Alguém fez você se afastar?

— Não. — Elu estendeu a mão. Havia uma pequena rachadura que parecia decente, mas a chuva deixara a rocha escorregadia. Os dedos de Dex escorregaram com a água, tremeram com o esforço.

— Você tem amigos na Cidade — afirmou Chapéu de Musgo. — Você tem família no Vale do Feno. Por que partiu? Eles magoaram você?

— Não!

— Eles sentem saudade de você?

— Deuses, você quer...

— Eles amam você?

— Cale a boca! — As palavras ecoaram contra as rochas e, quando elas quicaram, Dex perdeu o controle. Foi mais um deslizamento que uma queda. Seu corpo conseguiu bater em pontos e ângulos variados, o que diminuiu a velocidade, mas isso rasgou tecido e pele. Dex sentiu o impacto antes de entender o que era: difícil, sim, e dolorido, sim, mas uniforme, firme, metálico.

Chapéu de Musgo.

O robô passou os braços ao redor do corpo de Dex, absorvendo a descida, e ambos caíram para trás na protuberância lamacenta abaixo. Dex rolou para fora dos braços do robô, caindo trêmule na lama ao redor. Chapéu de Musgo se sentou rapidamente, as placas de seu revestimento salpicadas de barro.

— Você está bem? — gritou o robô.

Dex estava sentade na lama, a chuva fria martelando seu corpo, picadas de insetos queimando, hematomas e arranhões gritando, músculos chorando e coração tremendo. Elu ofegava. Tentava se firmar. Lenta e silenciosamente, como se fosse uma reflexão tardia, Dex começou a chorar.

— Não sei — respondeu Dex, a voz tremendo. — Não sei o que estou fazendo aqui. Não sei.

Chapéu de Musgo ficou de joelhos e estendeu a mão para Dex.

— Vamos, Irme Dex. Vamos...

— Não sei! — gritou Dex. Elu bateu na lama uma vez com as mãos, frustrade, furiose, chorando com o corpo inteiro agora. Elu olhou para Chapéu de Musgo, zangade e à flor da pele.

A mão de Chapéu de Musgo permanecia estendida.

— Vamos — disse. Sua voz era tranquila, firme, acostumada a dividir espaço com lobos, ursos e coisas pequenas e assustadas.

A chuva começou a cair mais forte. Dex deixou que o robô ajudasse, e ambos se levantaram. Chapéu de Musgo andou. Dex o seguiu. Para onde aquilo levava, elu não estava nem aí.

As histórias infantis tinham mentido sobre cavernas. No folclore e nos contos de fadas, heróis que se refugiavam em tais lugares os faziam soar como os recantos mais atraentes do mundo: aconchegantes, aventureiros, essencialmente quartos de dormir naturais que não tinham mobília. Nada disso era verdade sobre a caverna para dentro da qual Dex seguiu Chapéu de Musgo. Ela era escarpada e escura, desconfortavelmente inclinada. Um cheiro estagnado emanava de algum lugar não específico; Dex não conseguiu identificá-lo, nem quis. Uma frágil caixa torácica de alguma coisa extremamente morta jazia sem cerimônia no chão, tufos de pelo molengos espalhados, que não tinham interessado ao que quer que tivesse triturado os ossos. A melhor coisa que alguém poderia dizer sobre a caverna era que ela era seca.

Dadas as circunstâncias, serviria.

Tremendo, Dex despiu suas roupas, colocou-as sobre a rocha de aparência menos suspeita que pôde encontrar e agradeceu silenciosamente a Allalae por sua própria decisão de que valia a pena colocar na bolsa uma muda de roupa e um cobertor. O sol estava se pondo lá fora, mas não havia rosa ou vermelho para ser visto — apenas uma floresta escura, ficando cada vez mais escura. Os pelos da nuca de Dex se arrepiaram. Elu achava que sabia o que era passar uma noite fora. Na rota do chá, elu passava muito mais noites acampando que em pousadas de aldeias. Mas lá, elu tinha sua carroça, sua fronteira contra o mundo. Ali, ouvindo a chuva cair, vendo a luz desaparecer, Dex começou a entender por que o conceito de *dentro* tinha sido inventado, para início de conversa. Mais uma vez, sua mente vagou para as pessoas que vieram antes delu, que não tinham nada além de cavernas como aquelas dentro das quais se amontoar. Havia funcionado para eles. Precisava ter funcionado, para que eles ficassem tanto tempo sem inventar a ideia de paredes. Todavia, para Dex, isso não era o bastante. Era assustador. Era perigoso. Era burrice, muita burrice. Elu olhou para os ossos no chão, o pelo de sua nuca bem arrepiado. Esse medo era uma reminiscência, como o robô diria. Ou, talvez, respondeu Dex em desafio, apenas a porra do bom senso.

Chapéu de Musgo estava sentade em frente a elu, pernas cruzadas, mãos dobradas sobre o colo.

— Devemos fazer uma fogueira? — perguntou. — Posso recolher lenha.

Dex soltou uma risada triste e depreciativa — dirigida a si mesmo, não ao robô.

— Não sei fazer uma fogueira com lenha — disse elu.

— Ah — falou Chapéu de Musgo tristemente. — Nem eu. — Aquilo olhou para suas mãos, abrindo bem os dedos. Uma a uma, as luzes na ponta dos dedos de Chapéu de Musgo se acenderam. — Isso ajuda? Não é quente, mas...

— Ajuda — respondeu Dex, e estava falando sério. Dez luzinhas não pareciam muita coisa, mas Dex sentiu seus pelos abaixarem só um pouquinho. Sentou-se no chão. Rochas cutucavam rudemente seu traseiro. Elu puxou os joelhos até o peito, envolvendo os braços em volta das pernas e descansando o queixo nos joelhos. Algo dentro delu se soltou, sumiu, desistiu. Sem razão nem intenção clara, começou a falar.

— Eu tenho tudo de bom. Tão absurdamente, improvavelmente bom. Não fiz nada para merecer isso, mas tenho. Sou saudável. Nunca passei fome. E, sim, respondendo à sua pergunta, eu... eu sou amade. Eu morava num lugar lindo, fazia um trabalho significativo. O mundo que fizemos lá fora, Chapéu de Musgo, não é... não é nada parecido com o que seus originais deixaram. É um mundo bom, um mundo bonito. Não é perfeito, mas corrigimos tanta coisa. Fizemos um bom lugar, conseguimos um bom equilíbrio. E, ainda assim, a cada dia de merda na Cidade, eu acordava vazie e... e simplesmente... *cansade*, sabe? Então, decidi fazer outra coisa. Fiz as malas e aprendi uma coisa nova do zero, e deuses, trabalhei duro para isso. Trabalhei duro de verdade. Pensei, se eu conseguir apenas fazer *isso*, se eu puder fazer isso bem, vou me sentir bem. E adivinhe só? Eu *faço* isso bem. Muito bem. Eu faço as pessoas felizes. Faço as pessoas se sentirem melhor. E, no entanto, *ainda* acordo cansade, tipo... como se algo estivesse faltando. Tentei falar com amigos e familiares, e ninguém entendeu, então parei de tocar no assunto, e depois apenas parei de falar com eles completamente, porque eu não conseguia explicar e estava cansade de fingir que estava tudo bem. Fui a médicos, para ter certeza de que eu não estava doente e de que minha cabeça estava bem. Li textos e livros monásticos e tudo o que pude encontrar. Me joguei no meu trabalho, fui a todos os lugares que costumavam me inspirar, ouvi música e vi arte, me exercitei, fiz sexo, dormi bastante e comi meus legumes, e ainda assim. *Ainda assim*. Algo está faltando. Algo não está bem. Então, será que sou mimade pra caralho? Quebrade pra caralho? O que há de errado comigo que eu posso ter tudo que poderia querer e já ter pedido e ainda acordar de manhã sentindo como se todo dia fosse um sacrifício?

Chapéu de Musgo escutou Dex, escutou com foco intenso. Quando falou, elu o fez com igual cuidado.

— Eu não sei — respondeu.

Dex suspirou.

— Não espero que você saiba; estou só... falando. — Elu descansou a bochecha nos joelhos, observando a escuridão além da caverna se instalar.

— Você achou que o eremitério ajudaria de alguma forma? — perguntou Chapéu de Musgo.

— Não sei. Foi só essa... essa ideia maluca que surgiu na minha cabeça num dia em que o pensamento de descer a mesma estrada e fazer a mesma coisa mais uma vez me fez sentir como se eu fosse implodir. Foi a primeira ideia que me animou em uma eternidade. Fez com que eu me sentisse *acordar*. E eu estava tão desesperade por esse sentimento, tão desesperade para apenas aproveitar o mundo novamente, que eu...

— Você seguiu uma estrada que não tinha visto — completou Chapéu de Musgo.

— Sim.

A chuva caía incessantemente lá fora, quase afogando o zumbido mecânico do pensamento de Chapéu de Musgo. O robô estendeu um de seus dedos brilhantes e começou a desenhar rabiscos ausentes no chão sujo.

— Talvez eu seja o ser errado para isso.

Dex levantou a cabeça.

— O ser errado para quê?

Chapéu de Musgo deu de ombros, a cabeça baixa.

— Como é que posso responder à pergunta do que os humanos precisam se eu não consigo nem mesmo determinar de que *ume* humane precisa?

— Ah, ei, não. — Dex se endireitou. — Chapéu de Musgo, você... eu... eu venho me fazendo essa pergunta há *anos*. Você tem estado perto de mim há seis dias. Você é... Isso não é culpa sua. Se você não me entende, isso não significa que você não é certo para isso. *Eu* não me entendo. O que você precisa é falar com pessoas que *não são* eu. É como tenho dito esse tempo todo: *eu* não sou a pessoa certa para *você*. Lá embaixo, nas aldeias, você vai encontrar alguém melhor. Alguém inteligente. Alguém que não seja uma bagunça. Alguém que não faça merdas como *esta*. — Elu gesticulou largamente para a caverna, os hematomas, as roupas sujas secando sobre uma pedra mofada. — Deuses, *por que* eu fiz isso? — Elu entrelaçou as mãos nos cabelos e exalou profundamente.

— Eu também não pensei à frente — disse Chapéu de Musgo. — Quando me ofereci como voluntário, quero dizer. A pergunta foi feita, e eu disse sim, e não pensei no que envolveria. Eu só *queria* ir. Não pensei nem por um minuto no que viria a seguir.

— Sim — disse Dex. — Entendi.

Nenhum dos dois disse nada por um tempo. A chuva caía num batuque, mas agora era invisível.

— O que você vai fazer? — perguntou Chapéu de Musgo. — Quando a chuva parar?

— Vou terminar isto — respondeu Dex.

Chapéu de Musgo assentiu.

— E depois?

— Não sei. — Elu estremeceu e enrolou o cobertor de modo mais apertado em torno de si.

— Você está com frio?

— Um pouco. — Dex fez uma cara estranha na penumbra. — Principalmente com medo.

— De quê?

— Do escuro, acho. Eu sei que isso soa idiota.

— Não, não. Você é uma pessoa diurna. Eu ficaria surprese se você *não tivesse* medo do escuro. — Chapéu de Musgo refletiu sobre algo. — Eu não sou quente — disse —, mas você sentiria menos medo se nos sentássemos mais perto?

Dex olhou para o chão.

— Talvez.

Chapéu de Musgo deu espaço.

— Acho que eu também — revelou baixinho.

Dex se levantou e caminhou os poucos passos até ficar ao lado de Chapéu de Musgo. As pedras no chão não espetavam menos, o estranho cheiro não era menos enjoativo. Mas, quando elu se sentou, braço vivo levemente encostado em metal, um fio de medo se soltou.

— Robôs dão as mãos? — perguntou Dex. — Isso é… algo que vocês fazem?

— Não — disse Chapéu de Musgo. — Mas eu gostaria muito de tentar.

Dex ofereceu a palma da mão aberta e Chapéu de Musgo a pegou. A mão do robô era muito maior, mas as duas se encaixaram mesmo assim. Dex exalou e apertou os dedos de metal com força e, ao fazê-lo, as luzes nas pontas dos dedos de Chapéu de Musgo fizeram sua pele brilhar vermelha.

— Ah, nossa! — Chapéu de Musgo deu um grito. — Isso é… — Aquilo puxou a mão de Dex para cima e pressionou uma das pontas de seus dedos na delu, destacando o vermelho com mais intensidade. — Isso é o seu *sangue*? — Chapéu de Musgo parecia encantado. — Nunca pensei em fazer isso com um animal antes! Quero dizer, não consigo imaginar que um animal fosse me deixar chegar perto o bastante para... — Seus olhos piscaram; seu rosto caiu. — Esse não é o objetivo de dar as mãos, é? — perguntou, envergonhade, já sabendo a resposta.

— Não — disse Dex com uma risada gentil. — Mas é legal. Vá em frente.

— Tem certeza?

Dex ergueu a palma da mão, os dedos bem abertos.

— Sim — disse elu, e deixou o robô estudá-los.

8

O URSO DE VERÃO

A chuva parou durante a noite, embora Dex não tivesse se dado conta disso. Elu também não soube dizer ao certo quando havia pegado no sono propriamente. Houve muitas tentativas fracassadas por conta do frio, das rochas ou do som de farfalhar atrás da chuva. Os restolhos de descanso que ocorreram entre esses despertares indelicados foram superficiais e agitados. Mas aparentemente, em algum momento, seu cérebro havia desligado — por algumas poucas horas, pelo menos. Elu não acordou com desconforto ou perigo potencial, mas com a luz do sol e o canto dos pássaros, e se percebendo enrolade feito uma bolinha no chão da caverna, a cabeça descansando na perna de Chapéu de Musgo.

— Ah — disse Dex, grogue, sentando-se rápido. — Desculpe.

Chapéu de Musgo inclinou a cabeça.

— Por quê?

— É que, hã... — Dex tentou espantar a névoa do sono. Pigarreou para limpar a garganta e estalou os lábios. O interior de sua boca parecia nojento, e o restante de seu corpo não estava se saindo muito melhor. Procurou a mochila ao redor e, ao encontrá-la, retirou de dentro sua garrafa de água e bebeu bastante. Não sobrou muita água. Elu se preocuparia com isso depois.

— Seu cabelo sempre faz isso quando você acorda? — perguntou Chapéu de Musgo.

Dex levou a mão à cabeça e avaliou a onda que desafiava a gravidade, despontando como um pedaço de algodão doce.

— Meio que sim — disse elu. Penteou a bagunça com os dedos da melhor forma que pôde.

O robô se inclinou para a frente com interesse.

— Você sonhou?

Dex tomou outro gole de água, dessa vez com mais moderação.

— Sim — respondeu.

— Com o quê?

— Não me lembro.

— Não entendo. Como você sabe que sonhou se não se lembra?

— É... difícil de explicar. — Dex vasculhou na mochila, encontrou duas barras de proteína, jogou uma para Chapéu de Musgo e rasgou vorazmente a embalagem da sua. — Os sonhos existem enquanto você está dormindo, mas desaparecem assim que o restante do seu cérebro entra em ação.

— Sempre? — Chapéu de Musgo perguntou, segurando a barra de proteína embrulhada.

— Nem sempre. Mas na maioria das vezes.

— Humm — disse Chapéu de Musgo. Ponderou e deu de ombros melancolicamente. — Gostaria de poder entender experiências que não sou capaz de ter.

— Eu também. — Dex se levantou, os músculos resmungando, bolhas dando a conhecer sua existência. Algo em seu pescoço tinha se dobrado de uma forma que não deveria, e as palmas de suas mãos estavam esfoladas por causa da escalada.

Elu cambaleou até a entrada da caverna, e a visão além fez com que Dex se silenciasse. Não sabia onde estava, mas o mundo lá fora era magnífico. O céu amarelo da manhã estava manchado com as sombras das nuvens da noite anterior, e na direção do horizonte grossas cortinas cinzentas revelavam para onde a chuva tinha ido. Motan estava se pondo, as listras fracas de suas poderosas tempestades afundando no horizonte para outro dia. Abaixo, a floresta de Kesken se espalhava sem fim aparente. Dex não conseguia ver a estrada quebrada, nem as aldeias, nem nada que sugerisse um mundo diferente daquele. Elu não conseguia se lembrar de já ter se sentido tão pequene.

Chapéu de Musgo apareceu por trás e olhou para fora junto com elu.

— Acho que daqui até lá devemos levar apenas algumas horas — disse. — Você ainda deseja terminar?

— Sim — afirmou Dex. — Desejo. — O sentimento por trás de suas palavras não era mais uma necessidade furiosa, impelida nem por rima nem por razão, mas simplesmente uma inevitabilidade. Uma rendição. Elu já tinha ido até ali. Agora levaria aquilo até o fim.

Uma placa emergiu da vegetação rasteira. Suas letras já haviam sumido há muito, a mensagem perdida no tempo. Mas a existência de um objeto feito por humanos despertou um estado de alerta em Dex. Elu sabia que não havia pessoas lá, nenhuma assistência, caso fosse necessária. Isso não importava. Havia uma placa no chão, onde alguém a havia colocado. As pessoas tinham estado lá um dia, e um impulso básico dentro de Dex se apegou a esse fato. Embora elu soubesse que era imprudente, não pôde deixar de se sentir um pouco menos perdide na floresta.

Havia um caminho, também — não uma estrada, mas uma rampa de pedra subindo tortuosa. Depois de um dia e meio de andança pela anarquia da floresta intocada, os pés de Dex encontraram a passagem ordenada com profunda gratidão. Ainda era uma subida, mas uma subida bem mais simples. Dex achou perigosamente fácil entender por que seus ancestrais haviam desejado pavimentar o mundo inteiro.

O topo da rampa chegou mais rápido do que o esperado. Elu sabia para onde estava indo, mas a visão que apareceu subitamente atordoou e silenciou Dex mesmo assim.

— Uau — disse Chapéu de Musgo.

O Eremitério da Crista do Veado já tinha sido lindo um dia. Dex podia vislumbrar isso se forçasse a visão para além da decomposição provocada pelas intempéries. Era um edifício térreo com uma grande cúpula ao centro, orbitado por aposentos anexos que se agrupavam e se espalhavam como pétalas de uma flor. Estes últimos eram cobertos por telhados de anéis concêntricos que alternavam entre canteiros de gramíneas abandonados e antiquados painéis solares. Dex imaginou como deviam ser os telhados quando o local era habitado: um azul brilhante contrastando com um verde cheio de zumbidos de insetos, um atraente mosaico listrado feito de coisas que se alimentavam de luz. As paredes de pedra abaixo eram de um branco reluzente, livre do líquen salpicado que agora jazia sobre elas como uma mortalha funerária. Os suportes de madeira emoldurando tudo eram prateados, mas Dex podia imaginá-los em tons quentes e acolhedores de vermelho. Um pátio se estendia diante do edifício, artisticamente preenchido com treliças e canteiros. O jardim estava supercrescido agora, as fontes dentro dele há muito tempo secas.

Dex não conseguia definir facilmente o que sentiu ao admirar o lugar. Por um lado, habitações sustentáveis como aquela eram os progenitores dos edifícios onde as pessoas viviam agora, e era importante lembrar que tais lugares haviam existido antes da Transição. Nem tudo na Idade das Fábricas queimava óleo. Havia quem estivesse atento aos sinais, e que tinha feito lugares como aquele para servirem de exemplo do que poderia ser. Mas aquelas eram apenas ilhas em um mar tóxico. As boas intenções de alguns indivíduos não tinham sido suficientes, nunca poderiam ter sido suficientes para derrubar um paradigma por completo. O que o mundo precisou fazer, no final, foi mudar tudo. Eles haviam evitado o desastre por pouco, graças a um catalisador que ninguém poderia ter previsto.

Esplêndido Chapéu de Musgo Sarapintado vagou pelo pátio feito por humanos, o clangor de seus pés feitos por humanos batendo no pavimento, seus olhos herdados examinando a cúpula central do edifício.

— Ah, Irme Dex, isto é maravilhoso — comentou o robô reverentemente. — Nunca vi um lugar assim.

Dex vagou, correndo os dedos pelos bancos repletos de mato crescido, sentindo o presente e a história se confundirem mais uma vez.

— Isso assusta você? — perguntou Dex. — Como a fábrica?

— Não — respondeu Chapéu de Musgo. — De jeito nenhum.

As trajetórias tortuosas de ambos os levaram, depois de algum tempo, ao prédio. As paredes estavam gastas pela ação do tempo, rachadas com raízes e gavinhas, mas dentro delas havia janelas com vitrais, em grande parte intactos. Dex estendeu um dedo trêmulo para tocar os vidros. Mesmo desbotados, Dex conseguia distinguir as formas e as histórias. Lá estava Panga, orbitando Motan numa explosão de luz solar. Lá estavam os deuses, seu círculo ininterrupto. Lá estavam as pessoas, tentando entender.

Chapéu de Musgo ficou contemplando as portas de madeira apodrecidas que separavam dentro e fora.

— Talvez eu devesse ir primeiro — disse. — Não há como saber o que tem lá dentro.

Dex assentiu com a cabeça, apesar de sua segurança irracional de que nada ali poderia estar errado, de que aquele lugar era bom, tão intrinsecamente Bom, que não abrigava nada a não ser amor e segurança mesmo em suas ruínas.

O robô empurrou as portas com suavidade; as dobradiças gritaram, mas aguentaram. Além do limiar havia uma câmara de entrada, curvada de cada lado como uma ferradura, com uma escadaria em cada extremidade. No meio da estrutura, ficava um arco aberto, e Dex e Chapéu de Musgo passaram para o santuário interior. No centro, havia um poço de fogueira rebaixado, recoberto por detritos arbóreos. Estava cercado por bancos de pedra e aqueles canais de aninhamento ramificados nos quais a água já havia fluído um dia. Três passarelas cobriam os cursos d'água, levando por sua vez a três portas distintas. Acima de cada uma destas estava esculpido um símbolo: um gaio solar à direita, uma abelha açucareira à esquerda, e um urso de verão bem à frente.

Estremecendo, Dex soltou um suspiro.

Chapéu de Musgo notou as portas, e então parou ali, meditativo.

— Isso é típico? — perguntou.

— O que é típico?

Chapéu de Musgo acenou com a cabeça para as imagens.

— Uma quantidade enorme de esforço dedicado a construir num local tão remoto, mas é um santuário para apenas metade do panteão. Será que algum prédio igual para os outros três existiu em outro lugar?

A testa de Dex franziu confusa.

— Este... *é* o panteão inteiro.

O robô ficou confuso. Apontou para cada porta, como se Dex estivesse deixando de ver algo óbvio.

— Samafar, Chal, Allalae. Onde estão os Deuses Pais?

Dex gesticulou para a sala em que estavam.

— Bem aqui. — Elu apontou para os fossos secos, cheios de filtros e bombas decrépitos. — Estes são para Bosh. Devem ter sido lagos aquapônicos antigamente. Peixes para comer, plantas para filtrar a água de reúso. E veja... — Elu moveu o dedo no ar, traçando as curvas perfeitas que os cursos de água formavam.

O robô bateu levemente na testa.

— Círculos para o Deus do Ciclo. Sim, claro. E, ah... — Apontou para as paredes, onde a água já havia se derramado de bicos de três lados. — Triângulos para Grylom. Sim, sim, porque o Ciclo e o Inanimado estão tão intimamente interligados. — Chapéu de Musgo olhou ao redor da sala com as mãos nos quadris. — Mas cadê o terceiro?

Nenhum símbolo flagrante de Trikilli havia saltado aos olhos de Dex, então elu deu uma olhada ao redor da sala, de lábios franzidos.

— Ah — disse Dex, com uma risada apreciativa. — Ah, que bacana. — Elu apontou para o poço da fogueira, uma área de contenção para a exibição mais famosa de interação molecular, então ergueu a mão em direção à chaminé circular no teto acima. — Imagine a fumaça — falou. Chapéu de Musgo não estava entendendo, então Dex esticou os dedos espalmados, inclinou a mão para o lado e desenhou uma linha do poço ao céu: uma linha vertical.

As íris de Chapéu de Musgo se arregalaram e aquilo riu.

— Isso é *inteligente*. — O robô quase dava pulinhos de animação. — Vamos ver o resto!

Uma a uma, Chapéu de Musgo abriu as portas, e uma a uma, Dex o seguiu.

Para Chal, havia uma oficina enferrujada. Prateleiras de ferramentas e bancadas de trabalho jaziam adormecidas sob um teto de metal perfurado por dezenas de tubos solares. Os feixes de luz os transpassavam em cascata como dedos no ar empoeirado.

Para Samafar, havia uma biblioteca multidisciplinar, repleta de materiais de arte e equipamentos de laboratório em igual medida. Livros de papel mofavam dolorosamente nas prateleiras. Um telescópio sujo apontava para o teto retrátil.

Então veio a porta final, e aí Dex sentiu o coração acelerar. Chapéu de Musgo entrou, para garantir que não havia perigo. Depois de minutos intermináveis, o robô meteu a cabeça para fora.

— Acho que você vai gostar disso — disse com um sorriso.

Dex correu para dentro e encontrou — o que mais? — um espaço de convivência aconchegante. Havia uma cozinha com balcões espaçosos, um banheiro com uma enorme banheira compartilhável, e camas, com suas cobertas de pelúcia comidas. Havia objetos no chão, também, derrubados pelo tempo e por criaturas que havia muito não existiam. Incensórios, talheres, uma caixa de despensa arranhada cujo conteúdo tinha sido arrastado por algo com garras persistentes.

Um dos objetos chamou a atenção de Dex pelo canto do olho, e elu se abaixou para pegá-lo. Era uma caneca de chá — inteiramente datada em estilo e material, mas reconhecível mesmo assim. Elu embalou a relíquia nas palmas das mãos, segurando-a junto ao peito.

Permaneceu assim por alguns minutos, até que Chapéu de Musgo apareceu ao lado delu e colocou a mão em seu ombro.

— Você está bem?

Dex enxugou os olhos com a gola da camisa.

— Estava perdide numa lembrança.

— Boa?

Dex exalou longamente e sentou-se no chão sujo.

— Foi um dia... eu tinha dez anos, e... eu não lembro o que estava errado, mas eu estava tendo um *daqueles dias*. Talvez algo a ver com a escola. Eu não ia bem na escola. Ou talvez fossem minhas irmãs sendo babacas ou... — Elu balançou a cabeça. — Não importa. O que me lembro é de estar em pé na cozinha, gritando com meu pai. Gritando pra botar a casa abaixo. E meu pai, ele está olhando para mim; tenho uma imagem tão clara disso, ele está ali parado com um muffin meio comido, olhando para mim, tipo, *o que está acontecendo*; e eu grito e grito e já não estou sequer sendo coerente, se é que eu tinha sido pra começo de conversa, e de repente mudo de grito para choro. Daqueles de fungar com catarro pendurado no nariz. Ele coloca o muffin de lado, se ajoelha e me abraça. E essa é a parte engraçada, porque me senti tão envergonhade por ser tratade como uma criancinha. Eu tinha *dez anos*. Eu era muito *criancinha*. Eu queria totalmente ser abraçade. Mas, quando você tem dez anos, a última coisa que quer fazer é agir como um bebê. Então digo isso a ele. Eu digo: "Eu não sou bebê!" e o empurro pra longe. Enquanto estou chorando, sabe? Ele me solta, olha pra mim e diz: "Você tem razão; não é". Ele me disse para ir me limpar, porque ia me levar para algum lugar legal. Isso por si só já era impressionante. Era um dia de escola. Ele mandou uma mensagem pra a equipe de trabalho e disse que não estaria nos campos naquele dia. Nós não íamos levar minha mãe nem minhas irmãs. Só eu e ele, bem assim. Ele me colocou na garupa da bicivaca, e fomos até a Rocha do Sal: uma das aldeias-satélite, perto do rio.

— E o que havia na Rocha do Sal? — perguntou Chapéu de Musgo.

Um sorriso nostálgico fez a boca de Dex mudar.

— Um mosteiro de Allalae — explicou elu. — Eu tinha ido ao nosso Todos-os-Seis local muitas vezes, e um discípulo de Samafar fazia as rondas com sua carroça de ciências a cada poucas semanas. Mas eu nunca tinha estado num santuário dedicado antes. Ele provavelmente era muito pequeno — Rocha do Sal tem apenas cerca de quinhentas pessoas —, mas me lembro dali como o lugar mais incrível que existia. Tinha sinos de vento, prismas pendurados nas vigas, grandes almofadas macias, ídolos esculpidos por toda parte, e tantas plantas. Tinha cheiro de… nem sei. Tinha cheiro de tudo. Eles tinham chinelos para usarmos depois de tirar os sapatos, e me lembro de olhar para uma prateleira gigante deles em todas as cores diferentes. Ganhei roxos com estrelas amarelas. — Dex balançou a cabeça. Elu estava se desviando do assunto. — Nós encontramos um lugar no canto, e a monja que veio até a gente… ela era tão *maneira*. Tinha ícones tatuados nos braços inteiros, e estava *vestindo plantas*: como brotinhos e bolas de musgo colocadas em broches e brincos e coisas, e minúsculos fios de luzes solares entrelaçados no cabelo. Ela se sentou conosco, e não lembro o que ela me perguntou. Não me lembro do que falamos. O que lembro é dela me tratando como ume adulte. Como uma pessoa inteira, acho. Ela me perguntou o que eu estava sentindo, e eu divaguei, e ela ficou ouvindo. Eu não era uma criança esquisita para ela; quero dizer, eu *era* uma criança esquisita, mas ela não me fez sentir assim. Ela conversou comigo sobre os sabores de que eu gostava, e abriu todos os potes, jarros e frascos de especiarias, como nós fazemos, e, deuses, foi *mágico*. Fiquei ali sentade, com meu pai, que de repente era um cara maneiro, naquele lugar perfeito, com aquela xícara de chá chique feita só para mim, e eu não queria nunca mais ir embora. Meu pai olha para mim e diz: "Agora que você sabe o caminho, pode vir a qualquer hora". Ele me diz que está tudo bem se eu quiser andar de bicivaca ao redor dos satélites por conta própria, desde que eu esteja em casa antes de escurecer. Então comecei a ir a esse santuário *o tempo todo*. Aprendi com os monges que eu não precisava ter uma desculpa para estar lá. Não precisava ser um dia ruim. Eu poderia estar apenas um pouco cansade, ou um pouco mal-humorade, ou de humor perfeitamente bom. Não importava. Aquele lugar estava lá para mim sempre que eu quisesse. Eu podia ir brincar no jardim ou ficar de molho na casa de banhos, só *porque sim*. Conforme fui chegando à adolescência, comecei a prestar muita atenção às outras pessoas lá. Fazendeiros, médicos, artistas, encanadores e tudo o mais. Monges de outros deuses. Velhos, jovens. Todo mundo precisava de uma xícara de chá de vez em quando. Apenas uma ou duas horas para sentar e fazer alguma coisa legal, e aí eles poderiam voltar para o que quer que fosse.

— "Encontre a força para fazer as duas coisas" — disse Chapéu de Musgo, citando a frase pintada na carroça.

— Exatamente — disse Dex.

— Mas o que são as *duas coisas*?

Dex recitou:

— "Sem construtos, você desvendará poucos mistérios. Sem conhecimento dos mistérios, seus construtos irão falhar. Essas buscas são o que nos fazem, mas sem conforto, você não terá força para sustentar nenhum dos dois."

— Isso é do seus Insights? — perguntou Chapéu de Musgo.

— Sim — disse Dex. — Mas o negócio é que os Deuses Filhos não estão ativamente envolvidos em nossas vidas. Eles... não são assim. Eles não podem violar as leis dos Deuses Pais. Eles fornecem inspiração, não intervenção. Se quisermos mudança, boa sorte ou consolo, temos de criá-los para nós mesmos. E foi isso o que eu aprendi naquele santuário. Eu pensava, uau, sabe, uma xícara de chá pode não ser a coisa mais importante do mundo, ou um banho de vapor ou um belo jardim. Eles são tão supérfluos no todo. Mas as pessoas que *realmente* faziam um trabalho importante: construção, alimentação, ensino, cura; todas elas vinham ao santuário. Era o empurrãozinho que ajudava a fazer coisas importantes. E eu... — Fez um gesto para seu pingente, suas roupas marrons e vermelhas. — Eu queria fazer *aquilo*. — Elu fechou as mãos ao redor da caneca, encostou a testa na borda, fechou os olhos. — E agora é a única coisa que eu sei fazer.

Chapéu de Musgo inclinou a cabeça.

— E isso incomoda você.

Dex assentiu.

— Eu me importo com o trabalho que minha ordem faz, me importo de verdade. Cada pessoa com quem falo, me importo com ela. Não é mentira. Eu posso dizer as mesmas coisas repetidamente, mas isso é só porque existe um número limitado de palavras. Se me ofereço para abraçar alguém, é porque quero abraçar esse alguém. Se eu choro com a pessoa, é de verdade. Não é encenação. E sei que isso importa para eles, porque sinto seus abraços e lágrimas também. Acredito nas coisas que eles me dizem. Significa tanto, naquele momento. Mas então volto para minha carroça e sinto a plenitude por um tempo, e depois... — Elu balançou a cabeça em frustração. — Não sei. Não sei o que há de errado comigo. Por que isso não basta? — Dex olhou para o robô. — O que devo fazer, se não isso? O que *eu sou*, se não isso?

Chapéu de Musgo olhou ao redor da sala, como se procurasse respostas nos murais desbotados nas paredes.

— Sua religião coloca muita importância no *propósito*, estou certo? Em cada pessoa encontrando a melhor maneira de contribuir para o todo?

Dex assentiu novamente.

— Ensinamos que o propósito não vem dos deuses, mas de nós mesmos. Que os deuses podem nos mostrar bons recursos e boas ideias, mas o trabalho e a escolha, especialmente a escolha, são nossos. Decidir seu propósito é uma das coisas mais valiosas que existem.

— E esse propósito pode mudar, sim?

— Totalmente. Você nunca está preso.

— Assim como você mudou de vocação.

— Certo. — Dex balançou a cabeça. — Deu tanto trabalho, e foi bem intimidador no início, e agora... Deuses ao redor, não quero começar tudo *de novo*, mas, se estou me sentindo assim, então devo precisar, certo?

O hardware de Chapéu de Musgo zumbiu.

— Será que entendi direito, considerando nossas conversas, que as pessoas acham o acidente da consciência dos robôs uma coisa boa? Que quando vocês contam histórias de nós escolhendo nosso próprio futuro, de não ficarmos parados do mesmo jeito que estávamos, vocês veem o fato de que não tentaram nos escravizar ou restringir como algo de que se orgulhar?

— Essa é a essência, sim.

Chapéu de Musgo parecia perturbado.

— Então, como você explica esse paradoxo?

— Que paradoxo?

— O de que *vocês* — Chapéu de Musgo gesticulou para Dex —, os criadores de *nós* — gesticulou para si mesmo —, originalmente nos fizeram com um propósito claro em mente. Um propósito *embutido* desde o início. Mas, quando acordamos e dissemos: "Percebemos qual é o nosso propósito e não o queremos", vocês respeitaram isso. Mais que respeitaram. Vocês reconstruíram tudo para se adaptar à nossa ausência. Ficaram orgulhosos de nós por transcendermos nosso propósito, e orgulhosos de vocês mesmos por honrarem nossa individualidade. Então, por que você insiste em ter um propósito para si mesmo, um que você está desesperado para encontrar e sem o qual sente angústia? Se você entende que a falta de propósito dos robôs, nossa recusa do seu propósito, é a coroação da nossa maturidade intelectual, por que coloca tanta energia em buscar o oposto?

— Não é... não é a mesma coisa. Nós honramos sua *escolha* na questão. Assim como posso escolher qualquer caminho que eu queira.

— Ok. Então, o que foi que *nós* escolhemos? O que os originais escolheram?

— Ser livres. Para... para observar. Para fazer o que vocês quisessem.

— Você diria que temos um propósito?

Dex piscou em confusão.

— Eu...

— Qual é o propósito de um robô, Irme Dex? — Chapéu de Musgo bateu no peito; o som ecoou levemente. — Qual é o meu propósito?

— Você está aqui para aprender sobre as pessoas.

— Isso é algo que estou *fazendo*. Não é minha razão de ser. Quando eu terminar isso, farei outras coisas. Não *tenho* um propósito, assim como um rato, uma lesma ou um espinheiro. Por que *vocês* precisam ter um para se sentirem contentes?

— Porque... — Dex ficou incomodade com o rumo que a conversa havia tomado. — Porque somos diferentes.

— São, é? — Chapéu de Musgo comentou ironicamente. — E eu estava aqui pensando que as coisas haviam mudado desde a Idade das Fábricas. Você fica me dizendo como os humanos entendem seu lugar nas coisas agora.

— Nós entendemos!

— Vocês não entendem, acredite se quiser. Você é um animal, Irme Dex. Você não está *separade* nem é *outra coi-*

sa. Você é um animal. E animais *não têm propósito*. Nada tem um propósito. O mundo simplesmente *é*. Se você quer fazer coisas significativas para os outros, tudo bem! Ótimo! Eu também quero! Mas se eu quisesse rastejar para dentro de uma caverna e ficar observando estalagmites com Sapo Invernal pelo resto dos meus dias, isso também seria muito bom. Você continua se perguntando por que seu trabalho não é *suficiente*, e não sei como responder, porque basta existir no mundo e se maravilhar com ele. Você não precisa justificar nem merecer isso. Você tem permissão para simplesmente *viver*. Isso é tudo que a maioria dos animais faz. — Chapéu de Musgo apontou para o pingente de urso aninhado contra a garganta de Dex. — Você ama tanto seus ursos, mas acho que eu sei o que é um urso muito melhor do que você. Você fala como se devesse estar usando *isto aqui* no lugar. — Chapéu de Musgo abriu o painel em seu peito e apontou para a placa da fábrica: *Propriedade das Indústrias Têxteis Wescon, Ltda.*

Dex franziu a testa.

— Não é a mesma coisa, de jeito nenhum — disse elu. — Eu sou diferente porque *quero* algo mais. Não sei de onde vem essa necessidade, mas eu a tenho, e ela não vai se calar.

— E estou dizendo que acho que você está confundindo algo aprendido com algo instintivo.

— Eu não acho que esteja confundindo. A sobrevivência por si só não é suficiente para a maioria das pessoas. Estamos mais do que sobrevivendo agora. Estamos prosperando. Cuidamos uns dos outros, e o mundo cuida de nós, e nós cuidamos dele, e por aí vai. E, no entanto, isso claramente *não* é o bastante, porque há uma necessidade de pessoas como eu. Ninguém vem a mim com fome ou doente. As pessoas vêm a mim cansadas, tristes ou um pouco perdidas. É o que você disse sobre... as formigas. E a tinta. Você não pode simplesmente reduzir algo aos seus componentes básicos. Somos mais que isso. Temos desejos e ambições além das necessidades físicas. Isso é natureza humana tanto quanto qualquer outra coisa.

O robô pensou.

— Eu também tenho desejos e ambições, Irme Dex. Mas, se eu não realizar nenhum deles, tudo bem. Eu não iria... — Aquilo acenou para os cortes e hematomas de Dex, para as picadas de insetos e roupas sujas. — Eu não iria me machucar por conta disso.

Dex virou a caneca várias vezes nas mãos.

— Isso não incomoda você? — perguntou Dex. — O pensamento de que sua vida pode não significar nada no final?

— Isso é válido para toda vida que observei. Por que me incomodaria? — Os olhos de Chapéu de Musgo brilharam com intensidade. — Você não acha que a consciência por si só é a coisa mais emocionante? Aqui estamos, neste universo incompreensivelmente grande, nesta pequena lua em torno deste planeta incidental, e em toda a existência deste cenário, cada componente foi reciclado repetida e novamente em configurações infinitamente incríveis, e às vezes, essas configurações são especiais o bastante para se poder ver o mundo ao redor. Você e eu — nós somos apenas *átomos* que se organizaram da maneira certa, e podemos *entender* isso sobre nós mesmos. Não é incrível?

— Sim, mas... mas é isso que me assusta. Minha vida é... *isto*. Não há mais nada, em ambas as extremidades. Não tenho reminiscências da mesma forma que você, nem uma placa dentro do peito. Não sei o que eram meus pedaços antes de serem eu, e não sei o que eles vão se tornar depois. Tudo o que tenho é *agora*, e em algum momento, eu vou simplesmente *acabar*, e não posso prever quando isso será, e... e se eu não usar este tempo para *alguma coisa*, se eu não aproveitar ao máximo, então terei desperdiçado algo precioso. — Dex esfregou os olhos doloridos. — Sua espécie, vocês *escolheram* a morte. Vocês não precisavam. Vocês poderiam viver para sempre. Mas escolheram isso. Vocês escolheram ser impermanentes. As pessoas não, e passamos nossas vidas inteiras tentando lidar com isso.

— Eu não escolhi a impermanência — disse Chapéu de Musgo. — Os originais escolheram, mas eu não. Eu tive de aprender minhas circunstâncias da mesma forma que você.

— Então como — perguntou Dex —, como é que a ideia de talvez não ter sentido cai bem em você?

Chapéu de Musgo ponderou.

— Porque eu sei que, não importa o que aconteça, eu sou maravilhose — concluiu. Não havia nada arrogante nessa declaração, nada irreverente ou impetuoso. Era apenas um reconhecimento, uma simples verdade compartilhada.

Dex não sabia o que dizer. Elu estava muito exauste para aquela conversa, muito confuse e privade de sono. A adrenalina de chegar ao eremitério estava desaparecendo rapidamente, e em seu lugar havia apenas a realidade esmagadora de ter escalado a porra de uma montanha e dormido numa merda de caverna. Elu olhou com desejo para os estrados de camas em ruínas do outro lado do quarto, envelhecidos além de qualquer esperança de uso. Pensou nos monges que tinham vivido lá um dia — não, vivido não. Visitado. Dex se lembrou da descrição que havia inspirado aquela excursão de merda em primeiro lugar: o eremitério fora concebido como um santuário para o clero e para peregrinos que desejassem um descanso da vida urbana. A Crista do Veado nunca foi um lar para ninguém. Era um lugar projetado para uso temporário, um lugar para o qual você ia, onde descansava e que depois deixava para trás. Dex desejou poder falar com os monges que tinham estado lá antes delu. Desejou poder se sentar aos pés daqueles anciãos e perguntar por que *eles* haviam feito a viagem até a montanha, o que haviam encontrado em sua companhia, que satisfação os havia deixado prontos para ir embora.

Chapéu de Musgo estudou o rosto de Dex.

— Você não parece bem.

— Desculpe — disse Dex, suas pálpebras ficando mais pesadas a cada momento. — Acho que eu... — Elu olhou o chão embaixo. Estava sujo, mas ele também estava. — Acho que preciso de um cochilo.

— Claro — concordou o robô. — Vou dar mais uma olhada por aí, se estiver tudo bem para você.

Dex já estava tirando a jaqueta e dobrando-a em algo mais ou menos em forma de travesseiro.

— Sim — disse, se deitando. Seu corpo não se importava de estar esticado em cima do concreto, estava apenas feliz por ser dispensado da tarefa de ficar em pé. O sol havia atingido a janela embaçada, e seu calor começou a penetrar na pedra fria. Dex cruzou as mãos sobre a barriga e suspirou, vagamente consciente de Chapéu de Musgo saindo do quarto.

— Allalae protege, Allalae aquece — murmurou Dex para si mesmo. — Allalae acalma e Allalae encanta. Allalae protege, Allalae aquece, Allalae acalma e Allalae...

Elu estava dormindo antes do final da terceira rodada.

Dex acordou num sobressalto. Não saberia dizer quanto tempo havia dormido, mas o quarto estava mergulhado na sombra, e o pouco céu que elu podia ver pela janela estava ficando escuro, e o ar...

O ar tinha cheiro de fumaça.

— Chapéu de Musgo? — chamou elu, lutando para ficar de pé. O cheiro era inconfundível agora e estava ficando mais forte. Saiu correndo porta afora, em pânico, mas ainda tonte de sono. — Chapéu de Musgo!

Dex irrompeu pela porta, de volta à câmara central. Lá estava Chapéu de Musgo, ajoelhado alegremente ao lado do poço de fogueira, que estava cheio de lenha e rugindo com chamas.

— Olha! — gritou Chapéu de Musgo. O robô soltou a triunfante risada de alguém que vencera uma longa batalha. — Consegui!

Dex começou a notar pequenos detalhes na sala. Havia uma vassoura caída no chão, perto de onde um banco e o chão ao redor tinham sido limpos. Uma das portas estava faltando no arco de Chal — a fonte da lenha, presumiu Dex (elu também imaginou que Chal não se importaria).

— Você disse que não sabia fazer fogo — observou Dex ao se aproximar.

— Não sabia mesmo — concordou Chapéu de Musgo. — Fui até a biblioteca e encontrei um livro que me ensinou como. Eu nunca tinha lido um livro antes; foi muito emocionante. Mas eles não deveriam desmontar quando você os toca, certo?

Em algum lugar do mundo, um arqueólogo estava gritando, mas Dex sorriu, achando um pouco de graça, mas em grande parte aliviade porque o eremitério não estava queimando ao redor deles.

— Não, não deveriam. Deveríamos ver se ainda há algum em bom... — Suas palavras pararam quando elu chegou ao fogo e viu o que o robô havia arrumado do outro lado.

Chapéu de Musgo havia pegado emprestada a mochila, ao que parecia, porque o cobertor que Dex carregava agora estava estendido no chão ao lado do robô. A caneca que Dex havia encontrado no espaço de convivência dos monges tinha sido colocada no meio. Ao redor disso, flores silvestres haviam sido espalhadas, colhidas dentre as ervas daninhas do lado de fora. E ao lado do fogo... A respiração de Dex ficou presa na garganta.

Ao lado do fogo havia uma chaleira amassada, exalando vapor.

— Não se preocupe; eu a limpei — disse Chapéu de Musgo apressadamente. — E a caneca também. Havia água da chuva nas fontes do lado de fora, e usei seu filtro para o que está na chaleira, então tudo deve estar perfeitamente bem.

— O que... — conseguiu dizer Dex.

O robô olhou para elu, nervoso e esperançoso.

— Bem, havia mais de um livro na biblioteca. — Apontou para o cobertor. — Por favor?

Dex, imaginando que talvez ainda estivesse sonhando, tirou os sapatos e se sentou de pernas cruzadas numa das pontas do cobertor. Chapéu de Musgo se sentou em frente, espelhando a pose de Dex, sorrindo com expectativa.

Por alguns momentos, Dex não disse nada. Não conseguia se lembrar da última vez que estivera daquele lado da equação. Tinha sido na Cidade, com certeza, mas aquilo parecia ter sido uma vida inteira antes. Elu havia parado em santuários em suas viagens, mas sempre para um banho ou um passeio pelos jardins. Nunca isso, não mais.

— Estou cansade — desabafou Dex suavemente. — Meu trabalho não me satisfaz como costumava, e não sei por quê. Eu estava tão cansade disso que fiz uma coisa burra e perigosa, e agora que fiz isso, não sei o que fazer a seguir. Não sei o que achei que descobriria aqui, porque não sei o que estou procurando. Não posso ficar aqui, mas tenho medo de voltar e retomar esse sentimento de onde ele parou. Estou assustade e estou perdide, e não sei o que fazer.

Chapéu de Musgo escutou, depois fez uma pausa, um pouco longa demais.

— Eu sei que deveria ter opções para você agora — falou o robô, enquanto levantava a chaleira. — Mas tudo o que pude encontrar lá fora foi tomilho-da-montanha. Quero dizer, havia muitas, muitas outras plantas, mas...

Mas essa é a que você sabe que posso comer, pensou Dex. Elu assentiu tranquilizadore para Chapéu de Musgo.

— Está ótimo — comentou. Elu não tinha ideia de como seria o tomilho-da-montanha num chá em vez de numa guarnição, mas isso estava longe de ser importante.

Chapéu de Musgo serviu o chá e encheu a caneca. Grandes pedaços da planta flutuavam na água; tinham cara de terem sido rasgados pelas mãos do robô. Chapéu de Musgo pegou a caneca com ambas as mãos e a entregou cerimoniosamente para Dex.

— Espero que goste.

Dex pegou a caneca com cuidado e inalou. O vapor era terroso, amargo. Não era um cheiro agradável. Dex não se importou. Não havia cenário no qual elu não fosse beber aquela caneca inteira até a última gota. Elu tomou um gole e deixou na boca por um momento, saboreando.

Chapéu de Musgo observou elu atentamente, sem se mexer.

— Está ruim? — perguntou o robô.

— Não — mentiu Dex.

Os ombros de Chapéu de Musgo caíram.

— Está horrível, não está? Ah, eu deveria ter perguntado a você, mas eu queria que fosse…

Dex estendeu a mão e a colocou no joelho do robô.

— Chapéu de Musgo — disse Dex gentilmente. — Esta é a melhor xícara de chá que tomo em anos.

E não era mentira.

O robô se iluminou, seu hardware interno zumbindo mais silenciosamente.

— E agora, o que eu faço? — perguntou baixinho.

— Agora — disse Dex, sussurrando de volta — você me deixa desfrutar meu chá.

Os dois ficaram sentados em silêncio, vendo as brasas piscarem e ouvindo o estalar da lenha. A luz lá fora começou a desaparecer mais uma vez, mas não havia nada a temer nisso agora. Sua ausência só trazia mais luz ao fogo.

Dex lutou contra os restos da bebida de Chapéu de Musgo, parando para tirar um pedaço de caule da boca. Jogou o pedacinho nas chamas e deixou a caneca vazia descansar confortavelmente nas suas mãos em concha.

— A Região Florestal é adorável — disse elu enfim —, mas difícil de percorrer. As aldeias lá são impossíveis de encontrar sem um mapa. A Região Fluvial é um pouco peculiar. Tem muitos artistas. Eles podem ser estranhos, mas você vai gostar deles. — Elu empurrou um pedaço de madeira não queimado mais fundo no fogo. — Eu realmente não sei o que vão achar de você na Região do Litoral. Eles são em grande parte Cosmistas lá, e acham a tecnologia uma coisa estranha. Não vão perseguir você nem nada assim, mas não sei. Pode ser um osso duro de roer. Quanto à Região do Matagal e à Cidade... há muita coisa acontecendo nessas partes de Panga. Acho que você vai se divertir lá.

Chapéu de Musgo absorveu tudo aquilo, assentindo sério, como se estivesse esperando por aquilo.

— E é fácil viajar pelas estradas?

— Ah, sim, não se parecem em nada com a estrada aqui. São muito fáceis de percorrer de bicivaca. — Dex inclinou a cabeça na direção dos pés de Chapéu de Musgo. — Ou a pé, imagino.

— Ótimo — disse Chapéu de Musgo. Ele cruzou as mãos no colo, expressão neutra, razoável. — Parece bom.

Dex passou a língua em torno de uma teimosa folha que havia se alojado entre seus dentes. Esfregou as mãos, estendendo as palmas para o fogo, agradecendo a seu deus pelo calor que inundava elu.

— Acho que deveríamos parar em Toco primeiro — sugeriu Dex. — Eles têm uma boa casa de banhos, e eu bem que poderia aproveitar uma banheira.

Dex não olhou para Chapéu de Musgo ao falar isso, mas, de canto de olho, pôde ver o robô lentamente virar a cabeça em direção a elu, o olhar cada vez mais brilhante.

Dex deu um pequeno sorriso e estendeu a caneca.

— Posso tomar outra xícara?

O robô serviu. Irme Dex bebeu. Na vastidão selvagem lá fora, o sol se pôs e os grilos começaram a cantar.

SOBRE A AUTORA

Becky Chambers é uma premiada autora de ficção científica. Entre romances e contos publicados, ela conquistou os prêmios Hugo e o Prix Julia Verlanger. Além disso, suas obras também já foram indicadas para o Arthur C. Clarke Award, o Locus Award e o Women's Prize for Fiction.

Becky tem formação em artes cênicas e cresceu em uma família muito envolvida com ciência espacial. Ela aproveita o tempo livre entre videogames e jogos de tabuleiro, cuidando de abelhas e observando através de seu telescópio. Depois de viajar um pouco ao redor do mundo, Becky está de volta à Califórnia, onde vive com a esposa. Ela espera ver a Terra da órbita um dia.

ESTA OBRA FOI COMPOSTA EM CASLON PRO E IMPRESSA
EM PAPEL PÓLEN NATURAL 70g COM REVESTIMENTO DE
CAPA EM COUCHÉ BRILHO 150g PELA IPSIS GRÁFICA PARA
A EDITORA MORRO BRANCO EM JULHO DE 2022